LE PREMIER PONT

JEAN MAR...

Léon Roze

E. BERNARD, IMPRIMEUR-ÉDITEUR, PARIS

Le Premier Amant

Par Jean Marc

PARIS

E. BERNARD, IMPRIMEUR-ÉDITEUR

29, Quai des Grands-Augustins, 29

SUCCURSALES

1, Rue de Médicis, 1 | Galeries de l'Odéon, 8-9-11

Le Premier Amant

PREMIÈRE PARTIE

I

L'heure du jour était chaude. D'un ciel d'améthys-
tes brûlées tombaient, aveuglants, les chauds rayons
du soleil de juin. Aucun souffle ne rafraîchissait l'atmosphère. Aucun bruit ne venait de la grande route
déserte. Les villas voisines, volets clos, semblaient
dormir, en une sieste prolongée. De l'autre côté du
chemin, entre ses rives vertes, l'onde mobile du fleuve
fuyait comme dans un frisson, et, dans le silence, seule,
une cigale agrippée au tronc rugueux d'un arbre, pré-
ludait, par quelques crissements inhabiles, à sa courte
chanson d'amour et de vie. Cependant, assis sur la
terrasse d'une de ces coquettes villas qui s'échelon-
nent claires et gaies sur la rive gauche de la rivière
en face des taillis ombreux du bois de Boulogne, presque à la hauteur de Suresnes, un homme et une femme causaient :

« Sais-tu, Irène, que je ne croyais pas alors à tant

de bonheur possible ? disait-il et que, lorsque je te
voyais si belle mais si dédaigneuse, pâlissant de désespoir dans la crainte de tes refus, je te maudissais,
déjà prêt à la haine ?... »

— Rien que ça, Philippe ? Le proverbe serait donc
vrai qui dit : « De la haine à l'amour...

La jeune femme, sans achever, souriait coquette.

— Mais, reprit son interlocuteur, lorsque d'autres
fois passant à ton côté, un regard de tes yeux dai-
gnait s'arrêter sur le mien, tremblant de joie et d'espoir, d'un geste furtif je me signais la poitrine...

— ...Et superstitieux comme tu l'es, tu promettais
un cierge à quelque saint si tu parvenais à conquérir
la maîtresse de tes rêves ?...

Irène éclata de rire.

— Ne ris pas !... car dis-moi que serais-je devenu
si tu ne m'avais pas accueilli, pas aimé !...

Il passa la main sur son front. Puis joyeux :

— ...Mais arrière les mauvaises pensées. Je suis
heureux ! Le plus heureux des hommes puisque je
t'ai, toi, mon seul amour !... toi, mon seul désir !...

Se rapprochant de la jeune femme il l'avait prise
dans ses bras et l'embrassait avec passion.

Mais elle se dégagea doucement de l'étreinte.

Il poursuivit :

— Quand je te vis pour la première fois chez Madame Drohan — il y aura deux ans à l'automne pro-
chain — j'eus un éblouissement rapide. Quand ton
amie te présenta, à ton nom, Mme Gonthier, ce nom
détesté puisqu'il était celui du mari, du rival.

— Ce nom, ne l'ai-je pas quitté pour te plaire, depuis mon veuvage ? J'ai repris le nom de ma mère, et tandis qu'on connaît Mme Sainteaux, on oublie Mme Gonthier.

— Quand j'entendis ton nom, j'éprouvai une commotion au cœur. Et avant d'avoir entendu ta voix, cette voix qui m'émeut même lorsqu'elle ne profère que des paroles indifférentes, dès la première minute j'eus l'intuition que tu aurais sur ma vie une influence capitale... N'est-ce point ce qui est arrivé d'ailleurs ? J'aimais mes amis, mes parents, mon pays. Je n'aime que toi aujourd'hui... Je me serais fait exiler pour mes croyances religieuses et mes opinions politiques. Je ne crois qu'en toi, à cette heure... Et dans le monde que mon enthousiasme d'imaginatif ardent peupla si longtemps de tant d'êtres, de tant de choses désirables, un seul être, une seule chose existe pour moi, désormais : toi ! Et un seul sentiment remplit mon cœur maintenant : ton amour !...

Celui qui parlait ainsi s'était levé brusquement. Il était grand, maigre et nerveux, ses traits peu réguliers ; son teint pâle et mât à tourner à l'olivâtre ; ses cheveux et sa barbe d'un noir brillant qui n'avaient de plus noir et de plus brillant que les larges prunelles des yeux profonds sous les épais sourcils faisaient de lui un type étrange, presque laid et pourtant séduisant.

Il revint soudain vers la jeune femme, lui prit les mains :

— Irène, sais-tu que je ne pourrais plus vivre sans

sans toi, maintenant ?... Que si tu venais à te reprendre j'en mourrais ?... Et que si tu venais à me trahir
ce serait pour moi la folie rouge ?... Dis...

La jeune femme l'arrêta. Et sa voix se fit douce,
mais un peu basse avec lassitude :

— Une année que nous nous aimons et une année
que tu te répètes, et que chacune de tes paroles, chacune de tes caresses s'exaspère. Pourquoi ces empor-
tements, Philippe ? ?... Penserais-tu ?... Ou serait-ce
pour t'entendre redire que je t'aime ? En ce cas, Philippe, rassure-toi !

La cloche à la grille du jardin interrompit la jeune
femme.

— Une visite ?... dit-elle, curieuse.

— En tout cas un importun ! décida Philippe avec
humeur.

Le jardin qui précédait la maison n'était pas grand
et la grille seulement poussée. Avant qu'une servante
eût paru, un homme avait rejoint les deux amants sur
la terrasse où sous une tente des sièges de jardin
étaient disposés.

— Herrera !...

— Riego Suelo !

Le nouveau venu, un homme jeune encore, tendit
la main à Irène.

— Votre santé ?... Votre voyage ?... interrogeait
cette dernière.

— L'une excellente, chère Madame, et l'autre achevé...

Et tourné vers Philippe :

— Je suis arrivé d'hier...

Mais s'adressant à la jeune femme :

— ...Excuserez-vous, Madame, cette visite peut-être trop empressée, et en tout cas forcée ?... Je venais chez Philippe...

— Et vous le trouvez chez moi ! C'est que nous sommes si voisins !...

— Un mur, un seul mur en effet, n'est pas pour rendre difficiles les relations... amicales!... répliqua le jeune homme avec un sourire plutôt railleur. Je venais donc chez Philippe. J'avais pour lui des nouvelles sérieuses...

Irène fit mine de s'éloigner. Le geste simultané qu'eurent les deux hommes la retint. Elle offrit des sièges, en prit un.

Suelo disait à Philippe Herrera :

— J'arrive de Saint-Sébastien et j'y ai vu Mme de Herencia. Elle était fort triste, sa fille Estella, après une retraite au Sacré-Cœur à Bordeaux a manifesté le désir d'entrer en religion.

— Au couvent ? Estella ? dit Philippe.

— Au couvent, oui mon cher, répliqua Suelo.

Irène s'écria :

— Voilà une de ces histoires auxquelles nous ne sommes plus guère accoutumés : Une belle et riche héritière — Monsieur Herrera m'a quelquefois parlé de ses cousines — préférant l'austère vie d'un cloître aux honneurs et aux plaisirs du monde, voilà qui ne semble pas banal à nous mondains !...

— Ce sont les siècles de doute qui voient les croyants les plus sincères, Madame.

— Alors l'amour de Dieu, Monsieur Suelo, a conquis le cœur de cette belle jeune fille ?

— Je ne le crois pas Madame ! — Et la voix du jeune homme se voila — car on dit presque tout haut que c'est... un amour malheureux qui poussa la pauvre enfant à chercher l'oubli dans le silence d'un cloître.

— Monsieur Herrera, demanda Irène non sans ironie, ne connaîtriez-vous pas le secret de votre romanesque compagne d'enfance ?

— Le connaîtrais-je, Madame, je le respecterais, répondit un peu sèchement Philippe.

Depuis quelques instants une ombre s'étendait sur son front. Suelo reprit :

— ...Aussi Mme de Herencia me disait : si Philippe revenait...

— Quel rôle prétend-on me faire jouer en cette circonstance ? interrompit Herrera un peu agressif. Et Riego répondant du tac au tac :

— Le rôle qui t'est tracé !... Mais se ravisant :

— ...La chasse ouvre dans deux semaines. Viendras-tu ? Je n'ai jamais tant fait d'invitations ?... J'ai augmenté ma meute de deux saintongeois superbes ! Si...

— Merci, dit Philippe. Mais la chasse n'est plus ma passion.

— J'avais pourtant promis à Mme de Hérencia...

— Je regrette alors, mon vieil ami, de te faire manquer à ta parole...

Mais Irène qui suivait attentivement la conversation :

— Quel ami peu aimable vous faites, monsieur Herrera !...

Son enjouement était simulé à merveille :

— Mais n'en ayez cure, monsieur Suelo. Je suis sûre que reflexion faite M. Herrera se rendra aux désirs... des siens !

Philippe avait dardé sur la jeune femme le regard perçant de son œil noir. Irène avait baissé les yeux. Ses longs cils bruns projetaient une ombre soyeuse sur son frais visage. Et l'amant ne vit que le sourire d'une belle bouche aux dents éclatantes et aux lèvres en chair de fruit mûr.

Suelo s'était levé pour partir.

II

Les amants se retrouvèrent seuls. Philippe se te-
nait debout devant Irène. Une grande ride rapprochait ses sourcils, durcissant son regard, et son teint
était bistré.

— Te voilà revenu, Philippe? Je pensais que tu
accompagnerais ton ami et dînerais avec lui, en
ville, ce soir.

— Non! J'ai à te parler, dit Philippe soucieux.

— Et ce ne pouvait attendre?

— Non. Il nous faut expliquer, répliqua Philippe
sur le même ton.

— A quel propos, demanda Irène très douce, très
calme, et s'asseyant.

Philippe resta debout en face d'elle, d'abord hési-
tant. Puis :

— Irène, dit-il, la voix basse et contenue d'abord,
qu'as-tu voulu insinuer tantôt?

— Moi?... Quand?...

— Oui, n'as-tu pas dit à Suelo qu'après « ré-
flexion » je me rendrais aux « désirs » des « miens »?...
Qu'était-ce à dire? Et pour dire, que savais-tu?...
Irène, tu ne dois savoir qu'une chose, la chose essen-

tielle, la chose maîtresse pour nous : c'est que je t'aime et que tout le reste m'indiffère !... Alors Irène, c'est que tu doutes de moi ?...

— Mon Dieu ! Philippe, ne t'égare pas. Tu étais impoli !... Un amoureux ne saurait-il donc être une créature sociable ?...

— Et que m'importe la société !...

— Il m'importe à moi-même...

— Irène, où veux-tu en venir ?... Est-ce toi qui voudrais m'éloigner maintenant... Oui. Je le sens ! Je le vois ! C'est toi !

La jeune femme allait parler. Il l'en empêcha.

— Tu ne m'aimerais plus, Irène ?...

Et comme Irène a fait un geste.

— ...Ou si tu veux, tu m'aimerais moins ? Mais que t'ai-je fait pour cela ? Ou que n'ai-je pas fait pour que tu m'aimes. Dis : n'ai-je pas assez été ton esclave ?... N'ai-je pas satisfait tes caprices ?... En as-tu de nouveaux ?... Parle. Voyons : demande, que je te donne !...

Sa voix montait, s'échauffant. Il avait pris les mains de la jeune femme, les lui serrait en une pression fébrile.

Irène :

— Encore des violences, Philippe ?... Calme-toi. Et veux-tu m'écouter ?...

Mais Philippe continuait, véhément :

— J'étais si heureux !... si heureux !!... Et tu ne m'aimerais plus...

— Philippe, je t'aime, tu le sais bien. Je t'aime

comme on aime le premier amant, le premier maître.
Mais... assieds-toi près de moi... tout près... plus près
encore !... Là !... Veux-tu m'écouter, sans colère ?
Eh bien ! Philippe chéri, je crois, sincèrement, qu'il
vaudrait mieux que... tu partes ! Ne bondis pas ! Tu
vas comprendre. Tu te plaignais, il n'y a qu'une
heure encore, de quelques tristesses que tu lisais
parfois sur mon front ; et tu en accusais la solitude
de ces deux maisons de campagne, où nous nous
sommes à dessein relégués... Non, Philippe, ce n'était
pas la solitude. C'était... le remords !... Ne blasphème
pas !... N'ajoute pas à ma faute !... Je me reproche
tant de choses à cette heure !...

— Irène !...

— ...Non pas tant pour moi que pour toi-même,
Philippe ! Car moi, je suis veuve, seule, riche et par
conséquent *libre* !... Mais toi ! Toi qui as une famille,
des amis... Une famille qui te réclame ! Des amis qui
comptent sur toi : Et j'ai songé à tout cela bien souvent, et cette pensée m'a gâté parfois jusqu'à nos
ivresses mêmes !... Car je me suis demandée si un
moment ne viendra pas où tout cela que tu me sa-
crifies si généreusement aujourd'hui ne parlera pas
à ton cœur ? Quels regrets alors, Philippe ? Et comme
tu m'en voudras !... Laisse-moi te le dire : je recu-
lais devant cet aveu ; la joie d'être aimée rend
égoïste !... Mais Suelo vient de me rappeler mon devoir !... Va je sais ce que parler veut dire...

— Irène !...

— Crois-tu que je n'aie pas compris ?... Je le savais,

de fait, tout ce qu'il a cru m'annoncer. L'*amour
malheureux* de ta cousine Estella j'en connais l'objet.
C'est toi qu'elle aime. Mais Suelo aime Estella. Et il
voudrait te ramener à elle pour s'imposer à sa recon-
naissance à défaut de son amour. Les amoureux,
vois-tu, sont des mendiants et ils se contentent parfois des plus piètres aumônes !

— Irène !...

— Ne dis pas non, Philippe. L'amour qui aveugle
les hommes rend les femmes perspicaces. D'ailleurs,
confiant ne m'as-tu pas assez raconté de ta vie pour
que de déduction en déduction j'en sois arrivée à ce
jugement ? Les années de ton enfance et de ta jeu-
nesse passées dans la vieille maison des Hérencia
auprès d'Estella, ton inclination pour elle.

— Moi ? moi aimer Estella ? Es-tu folle, Irène. Je te
l'ai dit cent fois : je n'ai jamais aimé d'autre femme
que toi. Estella ! Mais c'est à peine une enfant...

— Une enfant, si tu veux, mais avec un cœur de
femme !

— Estella n'a été pour moi qu'une sœur, une petite sœur gâtée.

— Justement, Philippe ! Dans sa candeur, toutes
les menues tendresses dont tu l'entourais lui ont paru
des preuves irrécusables d'amour ! Et si grand, à
côté d'elle si petite, toi homme fait tandis qu'elle
n'était encore qu'une enfant, elle a dû lever les yeux
très haut vers toi ; et à cette distance tu lui es apparu
un peu à la façon d'un dieu...

— Mais tu es jalouse, Irène... Ma parole, tu l'es !

Jalouse d'Estella ! Enfant toi-même ! Jalouse !... Mais si tu es jalouse, c'est que tu m'aimes encore ! Tiens, je t'adore pour cela !

Ivre d'une joie exultante, soudaine, Philippe s'était levé et attirant à lui la jeune femme, baisait ses mains, ses cheveux, ses yeux...

Mais Irène le repoussa doucement et s'éloigna de lui, marchant lentement jusqu'à l'autre bout de la terrasse, où elle s'assit sur un banc.

Philippe l'avait suivie.

Maintenant la tête baissée, la jeune femme détournait le visage.

— Tu pleures, Irène, dit l'amant, en prenant la belle tête à deux mains. Tu pleures ! C'est de bonheur n'est-ce pas ? Méchante ! Oh ! la méchante qui me laissait douter d'elle et qui doutait de moi ! Va l'amour installé en maître dans un cœur d'homme n'y meurt pas en un jour. De plus la constance est une vertu de notre famille. Tous les Herrera furent fidèles. T'ai-je parlé dans mes confidences d'un de mes ancêtres, un Philippe aussi, qui s'illustra dans un combat contre les Maures et qui, un membre perdu, la face balafrée de coups de sabre, sut se faire adorer d'une princesse française belle entre toutes les femmes ?... Leurs amours furent chantées par un poëte et le temps ne refroidit point leur ardeur. La princesse mourut jeune et lui, pour ne pas lui survivre se fit tuer à la guerre !

— Je ne doute point de ta fidélité, Philippe.

— Alors c'est mon amour que tu veux mesurer ?

— Peut-être !...

Elle s'était tournée vers lui maintenant, le regardait d'un air très tendre. Et sa physionomie était douce, mais vaguement fermée.

— En ce cas hâte l'épreuve d'amour !

— Alors tu partiras Philippe.

— Encore ce départ ?...

— Nous nous séparerons, mais pour un temps.

— C'est donc là l'épreuve, ce voyage ? Tu es cruelle Irène ! N'importe ; tu seras obéie, foi de Herrera !... Et à quelle époque nous reverrons-nous ?

— Oh ! peut-être à une époque peu lointaine... A moins que dans l'intervalle tu ne m'aies oubliée !

— Tais-toi ! Tais-toi ! Et viens dans mes bras ! Viens m'aimer avec plus d'ardeur ! Laisse-moi te prendre de toute ma passion !.., Que j'emporte ton souvenir plus brûlant ! Et que mes forces s'alimentent au viatique de tes caresses ! Viens !...

— Non, Philippe ! Ces heures d'amour où reviendrait le mot d'adieu seraient trop tristes dans leur volupté même. Cette soirée où l'oreille tendue nous écouterions sonner les heures, dans l'attente de la séparation, semblerait une veillée funèbre ! Tiens! séparons-nous tout de suite. Nous sommes décidés maintenant. Et qui sait demain !

Philippe ouvrait la bouche pour parler. Mais Irène s'était levée, appelant la servante. Et à cette dernière accourue :

— Juliette, dit-elle, nous partons demain ! Il faut commencer les préparatifs tout de suite. Nous nous arrêterons une demi-journée à Paris, le temps d'y prendre des vêtements et du linge !

Timidement la servante demanda :

— Madame sera longtemps absente ?

— Je vous emmène !

Elle continua :

Pas trop de toilettes claires dans les malles n'est-ce pas ? Et pressez-vous ! Que François aide la cuisinière. Je veux que la maison ici soit fermée au moment où je la quitterai.

— Bien, Madame !

— Et puisque vous êtes là, rangez mes livres. Chacun dans sa couverture. Vous mettrez seulement dans la malle jaune : la traduction de « *Rubayat d'Omar !* »

Se tournant alors vers Philippe, d'un ton de voix de prière :

— Me rendrez-vous un petit service, cher ami ? Il s'agit de passer à la Banque et de là à l'agence pour prendre mes tickets de voyage : Paris, Londres, via Dieppe, New-Haven...

Philippe, littéralement ahuri, exclama :

— En Angleterre ! Vous allez en Angleterre !

— Mais oui. Voilà tantôt deux ans que Caroline Hamsley, une jolie anglaise que j'avais autrefois connue à la pension, réclame ma visite.

— En Angleterre ! Quelle folie, Irène, continua Philippe. Et d'un accent colère : quand vous y êtes pourquoi pas me dire que vous allez au Kamtchaka !

— Ne dites pas trop, Philippe ! Qui sait si je ne

Leon Roze

vous adresserai pas quelque jour un billet parfumé
du cap Nord! Rassurez-vous toutefois. Je serai ravie,
au retour, de pouvoir vous narrez les épisodes de
mon beau voyage — car bien entendu il sera beau !
— Vous savez : quiconque a beaucoup vu...! Mais
trêve de paroles oiseuses. L'heure avance. Voulez-
vous aller, cher? Et en passant, télégraphiez, je vous
prie, à Caroline — Carry en anglais — Tenez, voici
l'adresse : Miss Hamsley, Hill Cottage Lugate,
Devonshire. Encore un mot : inutile de me rapporter
vous-même les billets. Je ne veux point abuser. Aussi
François passera à votre club...

Irène s'était levée et résolue marcha vers la
maison.

Philippe la suivit.

— Irène, supplia-t-il ! la rejoignant entre les deux
portières de l'antichambre.

— Sois généreux ! Sois fort Philippe !

Les mains à ses épaules, d'un baiser, d'un seul,
elle avait fermé les lèvres de son amant.

III

Quand Philippe Herrera l'eût quittée, Mme Sainteaux revint s'asseoir sur la terrasse. Elle paraissait soucieuse; sa belle bouche ne souriait plus maintenant; la ligne de son menton accentuée par une moue volontaire déformait l'ovale pur de son visage et l'expression de ses grands yeux d'ordinaire si douce, filtrant entre ses paupières frangées comme un rayon entre les verdures échevelées des saules, avait durci son regard à présent fixé devant elle où une tenace pensée intime projetait sa vision irréelle.

Or le soleil baissait dans le ciel, précipitant la courbe de sa course vers l'horizon. Un peu de brise agitait doucement les feuillages et un pipiement d'oiseaux dans les arbres annonçait déjà le soir. On entendit dans l'allée du jardin un léger froufroutement de jupes; des petits pas pressés firent grincer le sable et sous l'auréole d'une ombrelle de soie claire une femme très élégante et très jeune apparut.

Légère et vive elle gravit les marches du perron et apercevant Irène, de loin lui cria:

— Bonsoir, ma grande!

Près d'elle avec une révérence:

— Mme Drohan, votre amie, ma chère !

Mme Sainteaux s'était levée :

— Droh ! Oh ! que c'est gentil à toi d'être venue !

— Je sais. Je sais ! Mais que fait-on ici à cette heure ? On rêve ? Soleil couchant !... Douceur enveloppante des lents crépuscules !...

Mme Sainteaux restait sérieuse.

— Quoi donc ?... Un souci, Irène ?

Irène a levé les épaules sans répondre.

Mme Drohan s'est penchée vers son amie :

— De méchante humeur ?

— Non !

— Je dis oui ! Qu'y a-t-il ?

— Rien ou presque.

— Mais encore ?

— Philippe est parti.

— Philippe ?... Parti ?... Tu plaisantes !

— Je suis seule, te dis-je.

— Comment ? une fâcherie ?... On se boude ? Quoi donc ? Querelle d'amoureux ? T'inquiète pas. Les nuages au ciel ne passent pas plus vite !

— .....

— Tu ne réponds pas ? Parle donc ! Qu'y a-t-il ?

— Je ne sais pas !

— Allons donc ! D'abord tu as du chagrin. Est-ce que je ne vois pas une larme ?...

Irène lève les yeux, regarde son amie.

Mme Drohan s'est assise.

— Philippe est parti, Irène. Dis-moi pourquoi ?

— Je l'ai renvoyé !

— Tu l'as renvoyé ? Mais qu'arrive-t-il grand Dieu !
Hier encore, vous nagiez en plein bonheur. Vie et
mort, vous étiez bras à bras, sans nul souci du monde ;
en un dédain absolu de tout préjugé et de toute morale même. A peine un simulacre de tenue mondaine
auquel vous vous étiez résolus, je le sais, bien plus
pour vos amis que pour vous-mêmes... Et brusquement cette grande passion qui orgueilleusement
cherchait en elle seule toute sécurité, toute confiance,
s'effondrerait ? Voyons, à quel propos cette querelle ?

— Il n'y a pas eu de querelle, Droh ! J'ai tout simplement dit à Philippe que son devoir était de s'en
aller...

— Je ne te comprends pas, car la réflexion te serait
venue bien tard, si c'est à un scrupule de conscience
que tu viens d'obéir.

— Ecoute Droh ! Je vais tout te dire, car mon
amie, tu l'as été jusqu'à la limite du mot et du sentiment et que depuis mes années de couvent — tristes
années que ton amitié seule ensoleilla — j'ai pris
l'habitude consolante de t'ouvrir mon cœur et ma
pensée. Tu te souviens ? Les nuits étaient longues à
cette époque et il m'arrivait bien souvent de ne pouvoir dormir. Alors je gagnais ton lit, au fond du
grand dortoir et je m'y blottissais tout contre toi. Et
tout bas, bien bas, pour ne pas éveiller nos surveil-
lantes, je te disais alors mes déceptions et mes aspi-
rations. J'étais seule au monde, sans mère, sans famille. Et le vide extérieur où la vie m'avait jetée ; et
le vide intérieur où mon être flottait, haletant et

confus, je le peuplais, je l'animais de rêves étranges,
de tendresses ardentes, de caresses, d'embrassements
et d'abandons éperdus... Tu m'écoutais alors, éton-
née, trop naïvement ignorante des choses qui ne
s'apprennent pas. Un peu plus tard, au sortir du couvent, mariée ou plutôt vendue par un tuteur infâme
à un veillard avare et amoureux, je m'échappais chez
toi, devenue la femme heureuse d'un homme beau,
jeune et aimé, pour te crier les révoltes de ma chair
et de ma volonté... Plus tard encore, c'est à toi que
j'apportais l'expansion de ma joie d'un précoce veuvage qui me faisait riche et libre ! C'est alors que je
pus espérer le rêve, l'imaginer, l'appeler ! Et il vint
le rêve !...

— Dis, l'amour, Irène, interrompit Mme Drohan.

— L'amour si tu veux, Droh ! car nos rêves à nous
femmes sont-ils autre chose que l'amour ! L'amour
en nuages gris, roses, bleus ! L'amour en rosée ra-
fraîchissante... L'amour en pluie, hélas, souvent.
Mais passons, si tu veux, sur cette époque où je rêvai
seulement. Philippe Herrera parut. Je l'aimai. Tu
sais comment : avec égarement. Il était si différent
de tous ceux que je coudoyais chez toi ou ailleurs :
beau presque dans sa mâle laideur et son orgueil
d'ange déchu. Et il me conquit avant que j'aie pensé
être conquise. Aussi je fis sans peine, à cet amour,
tous les sacrifices. Je renonçai au monde. Je con-
sentis à quitter mon Hôtel, à m'enfermer ici. Les
premiers mois furent du bonheur délirant. Les trans-
ports de notre passion voisinaient la folie. A chaque

jour Philippe s'imaginait m'avoir à lui pour la première fois. C'est un « inlassable », un « absolu ». Il s'est assis dans cet amour, comme un saint dans la stabilité du Paradis... Oh ! ce n'est pas ce qui m'épouvante va !... Mais vois-tu, lui qui se dit être mon esclave, et croit l'être de sentiment et de fait, a trouvé dans sa passion que renforce la constance, le pouvoir d'être mon maître. Son amour me commande impérieusement et chaque jour il me circonvient, me presse, m'affaiblit, me domine. Il me réduirait bientôt, m'annihilerait. Or tu sais mon principe : être libre. Donner de moi ce que j'en veux donner, mais seulement, et sachant ce que je donne et comment je le donne. Être libre dans le monde : j'ai su l'être, passant par-dessus les conventions sociales. Mais je veux être libre dans l'amour !... Dans l'amour surtout...

Mme Drohan a fait un geste que Mme Sainteaux n'a pas vu. Cette dernière continue :

— J'aime Philippe ! non pas comme au premier jour ; notre cœur comme notre pensée évolue. Mais je l'aime encore. Peut-être avant demain regretterai-je de l'avoir éloigné ! N'importe ! Avant qu'il ait pu soupçonner la révolte sourde de ma raison, il sera loin. Mais je le sais, je le sens, il m'aimera de loin comme de près, et mieux et plus encore peut-être. Et je suis sûre qu'il me reviendra très épris. Le reverrai-je alors ? Je ne sais pas encore, puisque je l'aime ?

— Irène, Irène ! tu joues bien gros jeu ! On ne

s'amuse pas, vois-tu, avec la passion vraie d'un homme et on n'ergote pas sur un pareil sujet.

— Droh ! ma chère, n'augmente pas ma peine. Demain je serai loin !

— Où vas-tu donc ?

— Chez Carry Hamsley.

— En Angleterre ! Tu es folle !

— Que non pas ! Il n'est pas trop à cette heure de mettre le détroit entre Philippe et moi.

— Alors je m'en vais, ma grande, sans te dire le but de ma visite : une invitation !

— Je la décline. Mais au retour j'arriverai chez toi.

— Et ce sera ?

— Qui sait !...

— En tout cas, Irène, sois raisonnable ! Et souviens-toi que de loin comme de près, envers et contre tous je reste ton amie.

— J'y compte ! Merci !

IV

En robe foncée et canotier plat autour duquel
flottait un léger voile, Mme Sainteaux monta dans le
train. Deux des angles de la voiture étaient déjà
occupés par un vieux couple anglais dont le mari à
peine assis sortit sa pipe et un numéro du « Times »
tandis que la femme se plongea aussitôt dans la lecture de son Bedecker. Irène passa devant eux, s'installa dans un autre coin et personne n'arrivant plus,
la jeune femme put croire qu'elle ferait sans autres
compagnons de route, son voyage jusqu'à Dieppe.

Mais au moment même où la machine sifflait,
ébranlant le convoi, la portière s'ouvrit bruyamment
et un jeune homme entra en coup de vent.

Il était petit et blond, mais son teint était hâlé
comme après un séjour dans un climat brûlant. Il eut
un vague geste d'excuse et un léger salut, déposa
son sac de voyage dans le filet, il s'assit en face de
Mme Sainteaux, puis boutonnant soigneusement son
cache-poussière de soie grise, il ôta son chapeau le
remplaçant par une casquette.

Alors comme le regard de Mme Sainteaux se levait
justement sur lui, elle vit soudainement posés sur

elle les yeux les plus sincèrement admiratifs qu'elle
se souvint d'avoir vus jamais, et ces yeux, elle en fit
la remarque, étaient idéalement beaux, gris de cette
nuance des aubes incertaines qu'un clair rayon
pailleterait d'or fin et dont les paupières transpa-
rentes et légères semblaient l'incomparable écrin de
bijoux précieux.

La coquette qui veillait en elle fut flattée car
Mme Sainteaux se savait jolie, plus que jolie et n'ignorait point que d'elle émanait un je ne sais quoi ensor-
celant qu'un homme d'esprit avait défini un jour, par
ce compliment : « Madame, vous avez le charme ! »,
ce je ne sais quoi qui attirait dès la première fois
qu'on la rencontrait.

Cependant, moins que tant d'autres fois en pareille
circonstance, Irène se complut à cette satisfaction de
sa vanité. C'est que la pensée de Philippe, l'amant, à
dessein éloigné, venait tout à coup de s'imposer à elle.

On était à *Enghien* : du train, la route en contre-bas
de la voie s'apercevait bordée d'arbres, insinuée à travers un fouillis de fraîches verdures, étirée en ruban
à peine poussiéreux vers de grands prés aux hautes
herbes fleurant bon, les complexes senteurs des foins
prêts pour la faux. Et Irène tout à coup se souvenait
qu'au début de leur liaison, Philippe l'avait emmenée
un jour d'été, comme celui-ci, par cette route blanche,
bordée de grands arbres, vers ces grands prés fleuris
où les grillons, avant le soir, râclaient joyeusement
leurs petites crécelles, où les bêtes à bon Dieu mar-
chaient leur chemin de vie sur les feuilles du trèfle et

les houpettes en fleur des sainfoins roses, où l'air chargé d'effluves trop parfumés alourdissaient leurs sens en un semblant d'ivresse, faisant trembler d'une sensation nouvelle leurs doigts d'amoureux enlacés.

Et comme elle se penchait à la portière pour voir, un instant encore ce paysage d'idylle, le vent lui enleva son canotier.

— Mon chapeau ! s'écria-t-elle, portant la main à sa tête.

— Il roule au remblai de la voie, votre chapeau, Madame, dit le jeune homme qui à l'exclamation de Mme Gonthier s'était levé.

— Oh ! quel ennui ! Si encore nous n'arrivions pas avec le jour à Dieppe !

Machinalement ses yeux se portèrent sur le chapeau du voyageur.

Le jeune homme vit peut-être ce regard. Peut-être ne le vit-il pas ; ou s'il le vit, il ne l'analysa pas plus qu'Irène n'avait commandé son geste.

Il dit à l'impromptu :

— Si j'osais, Madame !... J'ai dans ma valise un panama tout neuf !... Ne serait-ce que pour descendre du train !...

Irène, impulsive, répondit :

— J'accepte ! Oh ! merci... Je me sentirais si gênée de sortir nu-tête de la gare !

Elle continua :

— Mais c'est à Dieppe que vous allez vous-même Monsieur !

— Oui Madame !

Irène prit le panama des mains du jeune homme et l'ayant d'une main de femme habile gracieusement relevé sur un bord, elle le posa crânement sur ses beaux cheveux. Sortant alors le miroir de sa trousse elle se mira un instant, la tête inclinée à droite, puis à gauche, et enfin éclata d'un rire clair et amusé, son compagnon rit avec elle, puis sincère ajouta :

— Charmante !

La glace était rompue. Les deux voyageurs causèrent, et de leur voyage, tout d'abord, cela se comprend.

— Je vais en Angleterre,... disait Irène.

— Oh ! moi, je n'ai pas de but. Je voulais simplement sortir de Paris et passer le dimanche dehors. On étouffe à Paris. Non pas de la chaleur ! J'ai connu de bien autres températures !... J'arrive des colonies où, officier d'infanterie de marine, j'ai fait un séjour de plusieurs années. C'est la vie qui est étouffante à Paris !... On ne peut plus s'habituer à l'Europe quand on a vécu en Orient ! Et j'ai hâte d'y retourner là-bas où on sent moins les limites du monde et de la pensée, où le corps, où l'esprit échappent plus facilement aux liens de la convention et du convenu... J'avais demandé un congé — Affaire de succession ! .. Il paraît que je dois hériter ! Mais il paraît non moins aussi que je n'entrerai en possession du legs qu'avec d'incroyables difficultés... Et je le crois, car j'ai eu déjà quoique arrivé d'une huitaine seulement, pas mal de séances ennuyeuses chez les hommes de loi.

— Je vous plains, Monsieur, si vous entamez des

procès !... interrompit Irène qui aimablement paraissait prendre intérêt à la confidence du jeune homme.

Le train stoppait dans la gare de Dieppe.

— A quel nom devrai-je vous *Le* renvoyer ? demanda Mme Sainteaux, touchant du doigt le panama qu'elle portait si gentiment.

— Louis Chatelain !

— Quel hôtel ?

— Hôtel des Etrangers !

— Tiens mais c'est... mon hôtel ! dit-elle très surprise. Je ne vous dis pas adieu en ce cas, Monsieur. Et quant au merci !...

— De grâce n'en parlons pas !

D'un joli geste de la main Irène dit au revoir, et monta en voiture.

Quand elle arriva à l'hôtel, une demi-heure plus tard, ayant fait une halte chez le chapelier, elle croisa son compagnon de voyage sur le palier du premier étage.

— Il y a encombrement dans l'hôtel, paraît-il et on me loge au troisième étage, dit-il à la jeune femme.

— J'ai été bien inspirée alors de retenir hier mon appartement par télégraphe, répondit-elle.

Ils se retrouvèrent plus tard à la salle à manger, et s'étant cherchés, s'assirent à la table d'hôte côte à côte.

— Je vous ai fait monter votre panama, chuchota Irène, et vous dit encore merci ! Vous m'avez rendu un bien grand service.

— Un service !... Mon Dieu, Madame, n'exagérez

pas ! Sinon je serai, à mon tour, obligé de vous avouer le plaisir, tout le plaisir que vous m'avez donné à l'accepter.

Et comme à dessein pour changer le tour de la conversation :

— Vous connaissez le Casino, Madame ?

— Oui. Mais il attire peu quand on a vu Baden, Ostende et Monte-Carlo. Y passerez-vous la soirée ?... Les petits chevaux ?...

— J'abhorre le jeu, Madame, et n'aime guère le Casino. En vrai sauvage je préfère une heure de solitude sur la plage déserte à la plus brillante soirée du plus select des salons.

— Peut-être avez-vous raison ! reprit Irène, sérieuse.

Le diner était achevé. On se leva de table.

— Je m'en vais à la plage, dit Mme Sainteaux.

— J'avais décidé d'y aller moi-même, avoua Chatelain.

— Alors pourquoi n'irions-nous pas ensemble, dit simplement Irène.

— C'est vrai ! Vous ne dédaigneriez pas y descendre avec moi ? interrogea le jeune homme paraissant à la joie.

— Mais au contraire, répondit-elle.

La mer était basse ; la vague roulait doucement les galets à la plage avec un bruit égal et mesuré de roue de polissoir ; l'horizon se démarquait à peine par une ligne de grisaille plus claire que le ciel et la mer entremasqués par places de nuages à demi-évaporés. L'air du soir était doux et prêtait au calme assoupissant des pensées à fleur de front et des sensations à fleur d'épiderme.

— Vous aimez la mer, Monsieur Chatelain ?

— Je l'adore, Madame, et avec elle toute la nature. Et vous ?

— Moi ? Mais oui. Je l'aime aussi !

— Beaucoup ?

— Jusqu'à quel point, je ne saurais le dire. Je l'aime, c'est ce que je sais. Et cela me suffit. L'amour n'a pas de mesure invariable. Ce qui est beaucoup pour moi peut n'être qu'un peu pour vous. Affaire de tempérament.

— Et jamais affaire de cœur ? interrogea finement Louis Chatelain.

Lorsqu'ils rentrèrent à l'hôtel le Casino était depuis longtemps illuminé et les feux allumés de la jetée brillaient comme de plus proches étoiles.

— Je bénirai ce soir la Providence des rencontres, disait Louis Chatelain à Mme Sainteaux quelles heures exquises elle m'a values, aujourd'hui. Quand je songe que ce matin nous n'étions que des inconnus, tandis que ce soir...

Timide, il n'acheva pas sa pensée.

Irène acquiesçait d'un joli sourire. Puis elle pressa la main qui se tendait vers elle.

———

V

Lorsque Mme Sainteaux se leva le lendemain, le matin était sombre et le ciel menaçant, mais on était au commencement de l'été, la saison où les nuages durent peu au ciel. Aussi sous les rideaux levés, Irène qui consultait l'horizon, resta sans inquiétude. La mer, en effet grise et plate, sous l'humide buée atmosphérique, semblait une immense coulée de plomb fondu débordant de son creuset, et l'horizon lointain s'éclaircissait à de vagues lueurs blanchâtres.

— La mer sera bonne pour la traversée, pensa la jeune femme.

Et elle se pressa à sa toilette.

Mais vers midi le vent souffla du large amenant la pluie, une pluie serrée et froide qui abaissa subitement le ciel sur la terre.

La mer, en même temps, parut grossir sous l'averse.

Dans le salon, attendant une voiture, Irène prête à partir pour le bateau s'impatientait.

— Quel affreux temps !... Pourvu que la traversée ne soit pas trop mauvaise !

Et Louis Chatelain qui était là, paraissant vouloir

jusqu'à la dernière minute, tenir compagnie fidèle à la jeune femme :

— Vous craignez la mer ?

— Pas précisément, car je n'ai jamais eu le mal de mer ! Cependant lorsqu'il y a comme aujourd'hui de l'orage dans l'atmosphère, la mer me déprime d'une façon étrange. Et je me sens nerveuse aujourd'hui !... Oh ! nerveuse !...

Un peu d'inquiétude perçait dans l'accent de sa voix :

— De plus, j'abomine les soins qu'on reçoit, malade, du personnel des hôtels ou des bateaux. Ah ! si j'avais au moins emmené avec moi ma femme de chambre au lieu de l'envoyer directement chez mon amie Carry,... non pas que je pense en avoir besoin aujourd'hui. Mais je serais à cette heure plus tranquille de sentir près de moi, s'il y avait gros temps, une personne qui ne me soit pas étrangère...

— Madame, si j'osais... et si vous vouliez !... interrompit Chatelain brusquement. Bien que je ne me targue pas d'être un compagon de voyage bien agréable.

— Vous n'en seriez peut-être pas moins le meilleur, M. Chatelain. Aussi moi-même à cet instant... Mais, suffict ! J'allais, Dieu m'en préserve, vous faire un compliment, je crois. Or si les phrases galantes d'un homme à une femme sont, la plupart du temps, le comble de la banalité, d'une femme à un homme elles ne sauraient être que de la sottise. Mais vous dirais-je plus ?...

— Que vous acceptez que je vous accompagne dans cette traversée ?... demanda haletant le jeune homme.

Irène hésitait à répondre. Elle ne paraissait point fâchée cependant, et sa physionomie même s'éclairait de satisfaction vraie quoique contenue.

— Je fais descendre ma valise !... Elle est toute prête, car vous partie, je regagnais la gare et reprenais le train pour Paris ! Je vais donc et je reviens !...

Il paraissait exulter de joie.

Et Irène lui souriant, gracieuse, le laissa aller.

Les deux voyageurs gagnèrent la gare maritime bien avant le départ du bateau ; et quand ils montèrent à bord les matelots achevaient d'aménager le pont pour les passagers de première classe. Sans paraître subir cette indéfinissable et involontaire émotion qui, malgré tout, étreint le cœur chaque fois qu'on quitte la terre natale, Irène et Chatelain s'amusèrent à les regarder tendre les grandes tentes de toile goudronnée qui défendent du soleil ou de la pluie ; élever avec de lourdes bâches des abris contre le vent ; river au sol, au moyen de cordes passées dans des anneaux, les deck-chairs et les chaises longues de rotin ou d'osier fins ; disposer près des sièges de petites tables pliantes.

Alors comme les voyageurs commençaient à arriver en foule, le jeune homme dit à Irène :

— Maintenant, Madame, je descendrai, si vous voulez pour retenir votre cabine.

Celle-ci répondit :

— Gardez-vous en ! A moins que je n'y doive passer la nuit je ne me couche jamais sur un bateau. Nous serons très bien, ici, je pense. A cette place,

contre le vent, abrités de la pluie ; loin de la machi-
nerie et de ses écœurantes odeurs, tout proche l'eau..
Bien munis d'ailleurs de nos cabanes caoutchoutées
et de nos bérets de toile cirée.

Elle prit un deck-chair, Chatelain en occupa un en
face d'elle et causant à bâtons rompus, ils attendi-
rent le sifflet du départ...

Cependant le bateau avait quitté le port et franchi
la passe de la jetée. La pluie et le vent maintenant
faisaient rage. Les vagues au loin s'amoncelaient et
s'effondraient alternativement, en montagnes d'eau
et d'écume. Le fracas assourdissant des flots se mê-
lait au bruit sinistre du vent dans la mâture et la
mer, de minute en minute plus grosse et plus hou-
leuse, avec colère, avec fureur, battait les flancs du
navire, fétu dans l'immensité orageuse, le secouant,
le ballotant, l'essoufflant sans trêve ni merci — sous le
ciel noir.

Le pont et l'entrepont peu à peu avaient été dé-
sertés. Les salons, les cabines s'emplissaient. Des
femmes furent emportées, trop malades pour descendre. Des garçons aussi vite que le leur permettait le
mouvement du navire, passaient affairés, portant des
cordiaux, des boissons chaudes, des couvertures, des
manteaux.

Irène et Chatelain ne causaient plus, oppressés par
le spectacle émouvant de la tempête, et le regard in-
terrogateur fixé sur l'horizon.

Mais tout à coup, Louis Chatelain se pencha vers
Irène.

— Etes-vous souffrante, chère Madame ?

L'alarme et l'inquiétude se trahissaient dans sa voix.

— Mais non... non... répondit cette dernière dans un simulacre de sourire.

— Vous êtes pâle, bien pâle !..

— Je n'éprouve pourtant aucun mal.

Une sorte d'appréhension physique lui serrait le cœur et la gorge cependant, comme si le froid l'eût saisie.

Un imperceptible frisson lui effleura la peau en malaise. Ses mains s'accrochèrent aux bras de son siège. Ses dents claquèrent :

— Descendons ! pria Chatelain.

Elle fit non de la tête, volontaire, ferma les yeux une seconde, les rouvrit tout grands, et la prunelle dilatée, l'œil hagard, le regard fou, elle eut un cri d'angoisse et d'un geste de détresse, éperdue, se leva toute droite et tendit les mains comme pour demander du secours...

Louis Chatelain l'avait reçue inanimée dans ses bras.

Et pendant 6 heures, les 6 heures que dura encore la traversée longue et pénible entre toutes, obéissant au Docteur qui appelé en hâte commandait de garder la malade au grand air, le jeune homme veilla Irène.

Et ceux, qui le voyaient penché anxieusement sur le visage pâle aux yeux clos et aux lèvres décolorées, réchauffant dans ses paumes les doigts et les poignets glacés, se demandaient si tant de sollicitude respectueuse et tendre, était celle d'un ami, ou d'un frère ; d'un mari ou d'un amant...

VI

On prenait le thé chez Carry Hamsley, dans une de
ces confortables maison de campagne anglaises,
construite sur le plan du vieux style normand res-
tauré, au milieu d'une de ces vallées du Devonshire
où les plus belles et plus vertes prairies se déroulent
au loin, à perte de vue, comme un tapis sans fin que
coupent seuls d'innombrables ruisselets d'eau vive
et murmurante, bordés de saules où, aux approches
de l'été sous la pâle clarté de la lune, les rossignols
chantent leurs mélodies suaves. Quelques jeunes filles
blondes de cette couleur des épis qui n'ont pas achevé
de mûrir, les yeux bleus et liquides comme un ciel
fluide et pâle, le col laissant deviner une peau plus
laiteuse et transparente que les perles des colliers,
toilettes fraîches, gaieté franche, étaient groupées
autour de la table que Carry, en maîtresse de maison présidait.

Quelques jeunes gens se mêlaient à elles, peu causeurs, la physionomie calme, l'esprit pondéré, la voix
lente, passant d'un geste un peu gauche et dépourvu
de galanterie, les tasses que Carry, théière en main,
emplissait.

On achevait une partie de tennis et après le thé,
les messieurs à cheval, les dames en phaéton, on de-
vait aller un peu plus loin, dans la campagne, dîner
chez des amis ; et tandis que les hommes joueraient
au billard pendant la soirée, les jeunes filles feraient
un peu de musique.

— Encore en route, Carry ! dit Mme Sainteaux à son
hôtesse. A bicyclette ce matin avant le premier déjeûner, en canot avant le breakfast ; au tennis jusqu'au thé... Et ce n'est pas encore assez pour aujour-
d'hui ? puisque tu inscris au programme de la jour-
née deux ou trois heures de voiture, une soirée, et le
retour, à pied peut-être tu décideras tantôt — sous
le prétexte de jouir de la beauté du clair de lune !...
Avec quelques variantes dans les exercices de corps,
il en est ainsi depuis que je suis ici — tantôt deux
mois ! Mais vous êtes de fer, dans ce pays !

— Peuh ! ma chère, je sais bien que vous ne com-
prenez pas les sports en France ! Le plaisir n'est que
là pourtant ! En douteriez-vous, Monsieur Chatelain,
qui semblez sourire à la discussion que soulève notre
amie Irène ?

— Si je doutais du plaisir qu'on trouve dans les
sports, Miss Hamsley, vous ne pourriez du moins
douter vous-même, du plaisir que je trouve à être
votre hôte, puisque sans plus de gêne j'use jusqu'à
l'abus de votre cordiale hospitalité.

C'est Irène qui répondit :

— Assez, Monsieur Chatelain. Je connais bien
Carry. Si elle vous a dit : restez, c'est qu'elle le pensait.

— Sans doute, appuya Carry Hamsley.

Chez nous on ne dit que ce qu'on pense. Mais voyons, êtes-vous des nôtres, au moins ce soir ?

Louis Chatelain à cette question avait regardé Irène.

Carry vit le manège.

— Allons, Irène, répondez pour lui.

Elle rit, tout haut.

Et comme Chatelain, embarrassé, balbutiait une phrase quelconque où il y avait du oui, du non et du mais, Carry reprit :

— Irène, ne soyez donc pas « naughty » et dites que vous venez ce soir chez nos voisins les Clark si vous restez « at home ». M. Chatelain restera lui aussi, c'est évident, et nous manquerons d'hommes là-bas. Elle ajouta :

— Je conduirai moi-même. Et vous dormirez en route tous deux, au retour, s'il vous plait.

— Il me plaira surtout vous être agréable, Miss Hamsley, et je ne peux douter que Mme Irène elle-même se refuse à nous faire plaisir, répondit galant Louis Chatelain.

Irène acquiesçait déjà d'un joli sourire, elle dit enfin :

— Allons, il suffit. On ira. Mais encore une tasse de thé maintenant...

— Et montrez vos études de fleurs à M. Chate-lain.

— Well, my dear, répondit l'anglaise, et avec empressement elle se leva.

— Elle peint comme un ange, expliqua Irène à Chatelain pendant l'absence de son amie. Vous allez voir ! Et ça ne sent pas le Burne-Jones, je vous assure !

— Voilà, s'écria Carry qui revenait.

Et posant sur sa chaise son carton à dessins, elle se mit à genoux pour passer à Louis Chatelain une à une ses planches.

— Des lys dans la vallée, monsieur Chatelain : je les ai peints un matin sans rosée.

— Une étude de fleurs... à jeûn, alors ! Et ces fleurs diffèrent des autres ?...

— Ah ! certes, dit la jeune fille d'un accent si convaincu que Chatelain et Irène en rirent de tout leur cœur.

Depuis son arrivée en Angleterre, Irène Sainteaux menait une vie toute d'extérieur, de désœuvrement et de plaisir. Elle en avait, il est vrai, manifesté le désir et l'intention à son amie :

— Vous avez peut-être bien la vraie sagesse dans ce pays, lui avait-elle dit, le premier soir de son arrivée, dans les heures de confidence qui suivent les tendres épanchements du revoir. Vous vivez tellement, dehors de vous, qu'il ne vous reste pas le temps de vivre au dedans. Vous fatiguez votre corps et gardez votre esprit au repos. Vous agissez plus et vous pensez moins. Vous ignorez donc la souffrance la plus intolérable qu'il soit : celle de rêver d'irréalisables chimères... Ma chère Carry, je suis malade d'avoir pensé, d'avoir imaginé, et je viens faire chez vous une cure de réalité.

— Well ! my dear, avait répondu l'anglaise. Faites des sports alors ; c'est excellent au corps et plus excellent encore pour l'esprit.

Irène disait encore à Carry :

— Carry, ma chère, j'avais un... *Ami* ! Il était très exigeant, très despote. J'ai voulu essayer de lui échapper, de me reprendre. C'est pourquoi je suis venue.

— Well ! my dear. Flirtez alors ! Le flirt nous remplace avantageusement l'Amour et il nous en garde.

Elle ajoutait seulement :

— Mais puisque M. Chatelain vous a accompagnée jusqu'ici, c'est que vous ne lui êtes point indifférente. Alors gardez-le. Il fera, je m'y connais, un flirt épatant et de cette façon, vous ne nous prendrez point les nôtres !... Il nous en reste si peu depuis la guerre !...

Carry Hamsley appartenait à une famille de la classe riche de l'Angleterre. Elle vivait de cette existence superficielle et facile des femmes de la haute société anglaise qui, à beaucoup d'égards, paraît enviable à tant de femmes d'esprit léger du continent. Aucun souci de l'étude, ou seulement de lecture instructive, sérieuse et intéressante : l'ignorance, sans même un simulacre de décence encrasse encore passablement les couches supérieures de la société féminine anglaise. Un absolu et princier dédain pour

tout ce qui touche aux occupations de l'intérieur et
aux travaux du ménage bien que ces occupations
et ces travaux aient été de tout temps à quelque de-
gré de civilisation qu'un pays soit parvenu, un des
titres anoblissants de la femme, maîtresse et reine
du foyer domestique. Des sports, des sports d'abord
et surtout : du cheval et de l'automobile ; de la bicyclette et du canotage ; de l'arc et du golf ; du tennis
et de la danse. Puis des voyages : voyages en bateau
et en chemin de fer ; voyages à bécane et à pied. Ensuite des visites et des réceptions ; visites sans trop
de cérémonial, réceptions sans gêne où l'on met à
la disposition de ses hôtes sa maison, ses écuries,
ses domestiques, son yacht, mais non pas soi-même.
Enfin et surtout de la liberté : liberté d'aller et de
venir seule qu'on soit jeune fille ou jeune femme ;
d'inviter qui on veut, à la maison paternelle ou con-
jugale, cette maison qui la plupart du temps, pour
la plupart des gens ne paraît être autre chose qu'une
sorte d'hôtellerie plus confortable où chacun des
membres de la famille vit indépendant et à part ;
liberté de se faire accompagner de qui on veut pour
aller où bon vous semble, à l'époque et au jour qu'on
choisit ; liberté entière et incroyable qui s'achète au
prix modique d'assez de retenue dans la conduite
pour n'approcher pas de trop près le scandale ; d'assez
de décorum dans les manières et la façon de vivre
pour que la société, au fond très tolérante et fermant
volontiers les yeux sur les fautes dissimulées avec
soin ou commises à l'étranger ne se voit point forcée

par le Kant d'en demander compte tout haut.

Aussi Carry Hamsley était bien l'amie dont le voisinage et l'influence convenaient à merveille à Mme Sainteaux, dans le moment qu'elle trouvait difficile et pénible de la crise psychologique qu'elle subissait — crise d'une psychologie inférieure — résolue tout matériellement par la jeune femme.

Pas de reproches, pas de conseils, pas de morale, Irène n'en voulait pas et n'eût pas pu en souffrir, à cette heure où instinctivement orientée vers la seule inclination de son caprice, elle s'était comme à dessein éloignée de la franche, loyale et honnête Mme Drohan de peur qu'à ses paroles la conscience « cet œil et cette voix de Dieu en nous » ne s'affirmât à elle avec sévérité.

Et avec miss Hamsley, quelques amies de celle-ci, leurs frères, leurs flirts et Louis Chatelain qu'une sorte de magnétisme retenait auprès d'elle quand d'un mot de sa belle bouche, d'un geste de sa blanche main, d'une expression de son pur visage, elle le distinguait des autres et le favorisait, Irène, depuis deux mois qu'elle était partie de France, paraissait, extérieurement, oublier dans les fêtes, les distractions et les plaisirs son premier amant, son premier amour.

Et les gais cottages aux flancs verdoyants des coteaux, les prés humides aux creux des vallons, les châteaux aux tourelles rondes, normandes, émergeant des bosquets de noyers et de chênes, les clochers en pointe des églises habillés jusqu'à leur faîte de lierre grimpant, tout ce cadre de nature qui caractérise la Grande-Bretagne, qu'Irène admirait dans ses excursions et ses promenades lui paraissait, avec une sorte de satisfaction délicieuse, le paysage adéquat à l'état de son âme qu'elle sentait volontaire et exubérante de sève comme la terre verte et grasse, tandis que souvent elle la devinait flottante, incertaine comme les molles brumes qui déplaçaient le ciel.

Certains jours, en effet, Mme Sainteaux coquette et toute à la joie de vivre flirtait, rieuse comme une jeune fille, avec les jeunes gens, invités par Carry Hamsley. Elle prenait un malin plaisir à les rassembler autour d'elle, comme un essaim d'insectes dorés autour d'une belle fleur. Elle condescendait à recevoir les hommages voilés de l'un, et les aveux timides ou imprécis de l'autre ; elle se laissait conduire dans la solitude troublante des bosquets par celui qui se croyait le plus entreprenant ; elle acceptait d'aller seule au cirque avec celui-là qui se disait le plus épris. Elle les charmait tous alors, tour à tour spirituelle et naïve ; fière et bonne enfant ; dédaigneuse et simple ; en toilette ou en déshabillée ; babillarde ou silencieuse ; et elle s'amusait, telle une reine, de sa cour.

D'autres jours, par contre, un ennui mortel l'assaillait dès le matin ; elle voyait tout avec malaise autour d'elle, au dedans d'elle-même. Ces jours-là le souvenir de Philippe lui revenait, importun, à la mémoire, la poursuivant tout le long du jour, s'imposant la durée des soirs, la faisant souffrir durant les noires nuits. Un peu de tristesse embuait alors ses yeux de flamme ; son sourire s'effaçait, arrêté à mi-lèvres. Et Louis Chatelain qui ne quittait presque pas la jeune femme, qui la suivait d'un regard jamais lassé, un regard d'adoration muette et respectueuse, la trouvait alors — ô étrange mystère de nos cœurs humains — plus belle et plus attirante encore.

Il ne parlait pas ces soirs-là. Il rapprochait seulement son siège de celui d'Irène, se serrait contre elle si on était en voiture, et si l'occasion naissait qui lui fournit l'excuse de serrer ses doigts, il les retenait dans une étreinte plus longue de ses mains aux paumes brûlantes.

Ils visitèrent ainsi Brighton, Bournemouth, l'île de Wight, toutes les stations à la mode dont les plages durant quelques semaines voient en costume de bain le monde select anglais. Ils séjournèrent à Londres ensuite. Une fois ils marchèrent, en ville, sur les bords de la Tamise jusqu'à l'endroit où le grand obélisque, rapporté d'Egypte projette l'ombre anachronique et surtout ironique de sa masse aux pures lignes droites symbolisant la stabilité, sur l'eau mouvante du fleuve qui court avec rapidité vers la mer, entraînant comme une force fatale les cargo-boats et les steam-boats.

Une autre fois ils parcoururent la Cité et pénétrèrent dans son cœur même ; franchissant la porte de la Tour, la vieille Tour de Londres gardeuse du trésor des rois, gardeuse plus encore des vieilles traditions respectueusement conservées par un peuple d'humeur peu changeante et où Irène ne vit que deux choses : la richesse inouïe des diamants de la couronne, et la dalle de pierre, dans la cour centrale, qui recouvre l'emplacement où les femmes de Henri VIII, ce Barbe-Bleue royal, furent par son ordre livrées au bourreau.

Un jour, ils firent en hansom-cab le tour de Hyde-Park, le plus grand des parcs de l'Europe s'il n'est pas le plus beau, et où à une heure marquée le high-life vient parader en brillant équipage. Un autre jour, grâce à d'influents amis, ils assistèrent à une séance du Parlement alors que des hommes politiques tels que Chamberlain et Gladstone, en face du trône royal surmonté du dais cramoisi, président la noble assemblée.

Un soir, ils dînèrent à « Frascatti » où, au son d'un orchestre choisi, Cosmopolis, par petites tables, dîne chez Albion.

Une nuit, au sortir de « l'Empire » le music-hall le plus connu et le plus couru de Londres, ils entrèrent dans un « oyster-bar » pour y surprendre, curiosité malsaine, les dessous de la basse galanterie dans les mœurs d'Outre-Manche.

En même temps, ils répondaient aux invitations lancées de toutes parts par l'intermédiaire et sur la recommandation de Garry.

Ils furent à la chasse trois jours dans Suffolk ; ils se rendirent à un pique-nique qui dura plus d'une semaine dans le Kent.

Ils parurent à une noce dans le duché de Wales. Aussi le temps passait-il rapidement...

Ce soir-là, comme ils revenaient en voiture, Carry, haut sur le siège, les rênes fermes dans ses mains et la voix haute pour encourager ses chevaux, tandis qu'Irène s'assoupissait appuyée à l'épaule de Louis Chatelain — Carry dit au jeune homme :

— Nous devrions aller à Windsor, après demain. On coucherait à Londres demain soir et on partirait de bonne heure le lendemain ? Qu'en dites-vous, Monsieur Chatelain ?

— Mais ce que vous-même et Mme Irène en direz ! répondit ce dernier.

VII

Deux jours après.

La bande joyeuse conduite par Carry Hamsley achevait de déjeuner à Windsor dans un de ces hôtels,
au bord de la Tamise, dont les salles sont aménagées
de telle façon que le regard des dîneurs attablés peut
embrasser d'un seul coup d'œil tout le joli paysage
que forment réunis dans un cadre restreint, le château aux innombrables tourelles et aux murs crene-
lés, la forêt profonde aux arbres centenaires et la
rivière aux moires argentées.

— Et maintenant allons sur l'eau, dit Carry se levant de table, quittant sa serviette après s'être rincé
et essuyé les doigts.

Chacun acquiesça par un : Hurrah ! joyeux. Le canotage est le sport favori des anglais. Mais Mme Sainteaux, s'écria :

— Allez canoter si cela vous amuse, mes enfants.
Mais moi je vais voir la forêt !

— You're right (vous avez raison) elle est si belle
notre old Windsor forest ! exclama une des jeunes
filles, non sans trahir par l'accent de sa voix un peu
d'orgueil national.

— Qui me suit ? demanda Irène, s'adressant au groupe.

Louis Chatelain dit :

— Moi !

Et il se rangea au côté de la jeune femme. Aucun autre des jeunes gens ne répondit à l'appel. La galanterie, en Angleterre, ne condescend pas au sacrifice, qu'il soit celui d'une idée, d'un sentiment ou d'un acte — Les anglais trouvent que la galanterie est de l'hypocrisie. Ils ont peut-être raison, en principe. Cependant cette hypocrisie là n'a-t-elle pas été chez les peuples latins l'inspiratrice de bien beaux mouvements et de gestes plus beaux encore ?

Les jeunes filles, cela se comprend, souhaitant rien moins que quitter leurs flirts ou leurs « sweethearts » ne s'avancèrent pas davantage.

Mme Sainteaux dit donc :

— Nous ne sommes que deux pour la forêt ?... Allons tout de même.

Et prenant son ombrelle et ses gants :

— Nous vous retrouverons à la gare, ce soir !... ajouta-t-elle en guise de congé. Par un raccourci que leur indiqua le batelier qui leur fit passer la rivière, ils gagnèrent le bois, au nord du château.

Dès la lisière, la vieille forêt leur jeta aux épaules son manteau d'ombre, de fraîcheur et de paix. Les chênes aux troncs noueux portaient avec une majesté de princes leurs couronnes de feuillage ; les vallonnements creux du terrain s'ondulaient de hautes fou-

Leon Roze

gères et la terre humide se dissimulait sous d'épais-
ses mousses fleuries.

La route où ils s'engagèrent, à travers une muni-
ficence de verdures sans égale, les conduisit presque sans détours à une éminence d'où, soudain, do-
minant la vallée, le regard apercevait au loin le si-
nus onduleux de la Tamise, glissant à travers les
grasses prairies semées de place en place de bou-
quets de saules, de villages aux maisons tassées, de
troupeaux paissant au bord de l'eau. Une buée bleuâ-
tre s'élevait du fleuve, flottait légère et molle dans
l'air calme et lentement venait se condenser entre
les branches des arbres en une chose légère, atténuée et douce qui de loin ressemblait à un pan de
voile arraché du ciel et accroché là comme pour dissimuler ce coin de terre et le séparer du reste entier
de l'univers.

Appuyée sur le bras de son compagnon Irène
s'écria :

— Ce paysage est charmant de douceur ! Je trouve
que c'est un vrai poème de Tennyson !...

— Et moi je trouve qu'il peut être le poème de chacun, car c'est l'exquis poème d'amour lui-même, répondit presque ému Louis Chatelain.

Irène pourtant s'était assise sur un tronc d'arbre
abattu, envahi de lichens. Le jeune homme à ses
pieds s'était étendu et la tête à l'appui de ses mains
la contemplait.

Peu à peu le silence de la forêt passa sur eux, les
gagna — ce silence qui cependant n'est point le vide;

ce silence qui semble fait au contraire de l'accord de mille voix mêlées et fondues en une harmonie semblable à l'harmonie intérieure de notre être ; ce silence qui appelle le rêve, le provoque, le fait naître... Un vol bourdonnant d'insectes ailés dansa devant les yeux d'Irène. Mais son regard étrangement égaré vers l'horizon brumeux ne le vit pas et, l'arc de sa bouche détendu laissait voir entre les lignes purpurines des lèvres le fin bord festonné de la nacre des dents ; et ses narines frémissaient par instants comme les feuilles frissonnent parfois à quelque souffle insaisissable et passager. Dégantées, ses mains fines étaient jointes, nouées à ses genoux. Et la ligne de sa taille svelte et souple s'incurvait dans le geste de l'abandon du corps.

Irène rêvait... Mais tout à coup, elle tressaillit. Son regard s'abaissant venait de rencontrer celui du jeune homme.

Quelle pensée échangèrent alors leurs yeux, à l'insu même de leurs volontés ? Que lirent-ils en eux qui leur fut en un clin d'œil, la suprême découverte ?

Louis Chatelain avait rampé jusqu'aux genoux de la jeune femme ; dans ses yeux pailletés d'or des étincelles jetaient leur incandescence lumineuse. Pâle, tremblant d'un trouble, d'un émoi inconnu, ses lèvres s'entr'ouvrirent suppliantes :

— Irène, balbutia-t-il, les mains jointes.

Et comme elle l'eût fait en un rêve, le regard fixe, les lèvres closes, sans un mot, d'un seul geste, Irène ouvrit ses bras.

. . . .

Tandis qu'on prenait du café dans l'embrasure claire du bow-window, deux jours après, chez Carry Hamsley, Mme Sainteaux dit subitement à son amie :

— Je t'annonce mon départ, ma chère Carry !

— Alors, c'est bien décidé ?

— Mais oui !

— Et où vas-tu maintenant, Irène ?

— En Suisse, je pense.

— Et après ?

— Dans le Tyrol !

— Et de là ?

— Peut-être en Italie !

— Ensuite ?

— En Egypte, je crois fort.

— Well, my dear, ce sera alors en hiver. Et très probablement à l'hiver nous irons nous aussi en Egypte. Alors ce n'est donc pas un long adieu que nous pouvons nous dire,..

Un peu plus tard, Carry prit son amie à part et lui dit :

— Je te rappellerai, ma chère Irène, qu'il y a dans un tiroir de mon secrétaire les lettres qui sont venues de ton ami de France. Tu m'avais dit, le jour de ton arrivée : Reçois-les et serre-les, quand le désir me viendra de les lire je te les demanderai. Jusque-là ne m'en parle pas...

— Eh bien ! te les ai-je demandées ?

— Non, mais puisque tu t'en vas ?...

— Continue à les recevoir. Un jour viendra bien, va, où ma curiosité sera trop forte en moi... Mais y en a-t-il beaucoup ?

— Ce que les amoureux sont écrivassiers, chez vous ! ma chère. Il y en a des tas.

— Tant pis et tant mieux, dit Irène avec ce sourire satisfait, errant sur les lèvres, qui décelait une fois de plus la coquette.

Le lendemain Mme Sainteaux quittait l'Angleterre. Louis Chatelain l'accompagnait.

DEUXIEME PARTIE

I

Dans le salon où papotaient oiseuses mais gentil-
les quelques élégantes jeunes femmes fidèles au jour
de Mme Drohan, le hâtif crépuscule d'hiver jeta soudain ses indécises ombres.

Et comme la charmante maîtresse de maison se
levait pour les lumières on annonça :

Mme Sainteaux !

— Chère !...

— Chère !...

Les deux amies s'embrassaient avec tendresse,
tandis qu'en étonnement des exclamations s'élevè-
rent.

— Vous !...

— Irène !...

— Mais qu'étiez-vous donc devenue ?...

— On faisait sur votre compte mille suppositions !

— On pensait que vous aviez quitté le monde pour
la solitude de quelque cloître pas trop austère !

— On disait que vous vous étiez ruinée au jeu !

— On fit courir le bruit qu'un rajah indien vous
avait enlevée !

— ... que les cheveux coupés ras, et habillée en homme, munie d'un faux passeport vous assistiez aux opérations de la grande guerre !...

Pleine d'aisance, Mme Sainteaux sourit, et s'asseyant :

— Et quoi encore, car tout cela n'est pas assez puisque ce n'est pas la vérité. Mais la voulez-vous la vérité ? Eh bien, voilà : J'avais toujours désiré faire un voyage autour de l'Europe...

— ... Avec un peu d'Asie et d'Afrique, interrompit gaîment Mme Drohan.

— Oui, si tu veux, Droh ! car j'ai passé à Aden, en Egypte et en Algérie au retour.

— Oh ! le grand voyage !... s'écrièrent les jeunes femmes. Que ça doit être intéressant. Contez-nous le.

— Etes-vous allée en Espagne ? avez-vous vu le poignard passé dans la jarretière de soie des belles Andalouses ?... interrogea l'une.

— Et en Italie, les ténors sont-ils réellement à ensorceler ?... demanda une autre.

— Et est-ce vrai que la Française fait prime aux yeux des Milords, dans les salons de Londres ?... continua une troisième.

Mme Sainteaux se boucha les oreilles :

— Pas toutes à la fois, de grâce ! Je suis si lasse encore ! Songez, il n'y a que huit jours que je suis arrivée ! De plus, si vous l'avez oublié, depuis si longtemps que nous ne nous sommes vues, je vous renouvellerai que je ne me sens aucune aptitude au rôle de gazette ! Et quant aux mœurs, ciels et cou-

lumes des pays visités, le « Journal des Voyages »
mieux que moi-même...

Elle achevait d'un petit geste vague de la main.

Une nouvelle visite d'ailleurs entrait.

C'était un peintre très en relief. Aussi en manière
de cour la conservation tourna vers l'Art. Et comme
elle se divisait bientôt par petits groupes, Mme Sainteaux se penchant vers Mme Drohan lui dit tout bas,
avec un peu d'impatience :

— Droh ! penses-tu qu'*Il* viendra ?

Mme Drohan eut une expression de mauvaise humeur sur le visage. Mais se ressaisissant et tout haut
pour ne pas éveiller l'attention :

— Irène, ma chère, n'as-tu pas vu mon nouvel
achat ? « Le Sourire » ; ce beau marbre qui a valu à
Larmand la médaille au dernier salon. Viens le voir !...
Et se levant elle se dirigeait vers une des portes-fe-
nêtres du salon ouverte sur un large balcon trans-
formé en serre. Des plantes rares aux tiges ténues
comme des cheveux de femme et aux verdures dé-
coupées comme des dentelles épousaient les lignes
de la vitrerie de cristal teinté. Dans une encoignure
sur un socle fait de trois tiges enlacées d'asphodèles
légers, le buste de marbre d'une blancheur lumineuse s'encadrait de quelques orchidées à la florai-
son morbide et tourmentée. Des ampoules électri-
ques ornées de corolles de verre, façonnées avec la
délicatesse et l'art des corolles que façonne la nature,
donnaient une lumière adorable, atténuée et pâle qui
se résorbait en douceurs de clarté sur les fins meu-

blés laqués de blanc et le tapis aux fleurs éteintes de pastel ancien.

Debout, au milieu de la petite serre, Mme Drohan dit à Mme Sainteaux :

— Je t'avais dit hier qu'il valait mieux que tu t'abstiennes aujourd'hui de venir chez moi ! C'était dans ton intérêt. Philippe Herrera doit venir ici, ce soir, c'est vrai ! Mais pas seul. Ne m'en veuilles pas de te dire brutalement le fait ; mais il faut que tu saches que j'attends aussi sa fiancée, Estella de Hérencia qui est à Paris avec sa mère pour les préparatifs de son mariage. Or, tu me comprends, il vaut mieux à cette heure que Philippe et toi ne vous rencontriez pas !... Et tu peux encore te retirer avant qu'il ne vienne. C'est 4 heures et demie. Il ne sera pas ici je pense avant la demie de cinq.

— M'en aller ? Mais pourquoi, mais pourquoi, ma chère Droh !... Aurais-tu des tendances à l'imagination mélodramatique ?... On annoncera : M. Herrera !... Et je m'évanouirai ! Il m'apercevra : Mme Sainteaux ! et il me jettera une insulte, en vengeance, à la face !...

Irène s'arrêta de parler pour rire, mais son rire, au moins, sonnait faux dans sa gorge !

— Droh ! ma chère, tu me connais, je suis fille d'Eve, si curieuse !... Je voudrais le revoir !... J'ai, hier soir, relu toutes ses lettres, que j'avais lues, une seule fois en voyage, au retour où Carry Hamsley, me les renvoya d'Alexandrie à Marseille. Et jusqu'au dernier numéro de cette collection de billets inspirés

et dictés impérativement par la passion la plus folle,
Il ne parle que de fidélité, de constance et d'éternité
dans l'amour juré ! Et tu m'annonces hier son mariage ! Alors tu peux bien comprendre et excuser ma
curiosité de le revoir ! Quelqu'un qui porte en soi
une âme à transformations radicales, n'est pas un
ordinaire phénomène !... Le têtard qui sauterait par
dessus bord le bateau de ses mutations transitoires
pour en arriver d'un coup à son état définitif, n'inté-
resserait-il pas le naturaliste qui l'aurait vu éclore
en un de ses bocaux !... Oui, ma bonne Droh ! je
veux le revoir ! Me l'a-t-on changé, mon Maure aussi
amoureux qu'orgueilleux. A-t-il vraiment vieilli tout
à coup qu'il délaisse l'amour ?... Et la pâle Estella ?
Est-elle vraiment jolie ? si jolie qu'elle l'ait emporté
sur moi enfin !... Et *Lui* l'aime-t-il ?... Oui, je voudrais le voir paré de son illusion même qui lui fait
croire si vite qu'*Il* s'est refait une virginité d'âme au
contact de ce jeune lys ?... Ah ! Je voudrais voir !...

— Tu voudrais voir surtout si tu l'aimes encore,
acheva Mme Drohan avec tristesse. Va, je te connais
bien, car je connais la femme ! Et parce qu'il ne t'aimera plus, tu l'aimeras comme tu ne l'as jamais
aimé ; parce qu'une autre l'aura, tu voudras l'avoir.
Je sais tout cela, Irène ! Mais, songes-y ; c'est toi qui
as voulu la séparation, la rupture. C'est donc toi qui
as préparé les événements actuels. Par amour-pro-
pre, par dignité, pour montrer que tu ne tournes pas
au vent comme la girouette d'un clocher, il te faut
donc accepter les choses telles qu'elles arrivent.

D'ailleurs si Philippe a maintenant une fiancée, sous peu de jours sa femme, n'as-tu pas, toi, un nouvel amant ?

Irène a levé les épaules.

— Un amant ?... Ah ! tu veux parler de Louis Chatelain. Tu appelles ça avoir un amant ?

Et dédaigneuse :

— Tu n'en as jamais eu ma pauvre Droh ! Ça se sent, ça se voit. Louis Chatelain, mon amant ?

Elle rit.

— Et que faut-il de plus pour qu'un homme soit ton amant ? interrogea Mme Drohan.

— Demande-le à Philippe... Mais soit, si tu veux, Louis Chatelain a été mon amant.

— Mon amant !... Louis Chatelain !... Il l'a été si peu ! Et pourquoi ? Et comment l'a-t-il été. Le sais-je seulement ? Ah ! oui, je sais que parfois le souvenir de l'*autre* me poursuivait. Je lui tendais les bras, en rêve... En rêve, je communiais sa chair... Je souffris, à cette époque, de l'aimer, et toute révoltée contre cette souffrance volontaire, je cherchai à me libérer d'elle... Chatelain me prit la première fois. Veux-tu savoir comment ? Par derrière lui, j'avais vu se dresser la haute taille de mon Philippe. Par delà ses yeux, les sombres prunelles de Herrera avaient lui soudain. Mon regard sur leur éclair attirant, je cédai à Chatelain... Chatelain m'eut encore quelques fois. Pas souvent. Une nuit à Venise, dans une gondole noire. Les guitares et les mandolines me rappelaient tout à coup une sérénade que Philippe m'avait fait donner un soir et durant laquelle nous nous étions aimés avec transport. Une autre fois à Alger dans une banale chambre d'hôtel de Mustapha la claire, parce que le soir, en revenant du théâtre, je coudoyai un homme qui le feutre bas sur les yeux, lui ressemblait à *Lui*, étrangement. Après je ne me souviens plus; mais ce doit être tout. Entre temps, il est vrai, Louis Chatelain me suivait comme une reine d'Orient, son esclave, amoureux timide et toujours tremblant. Et moi je le recevais alors avec d'amicales railleries et de plaisants dédains, si bien qu'il a pu oublier mes bontés et mes heures de miséricorde. Et maintenant Louis Chatelain est en province. Et nous nous sommes quittés sans même nous promettre de nous revoir. Aussi...

On sonnait dans l'antichambre. Mme Drohan n'eut que le temps de reprendre son siège dans le salon. Philippe qu'accompagnait Suelo était justement introduit.

II

Quelques mois à peine s'étaient écoulés depuis que Mme Sainteaux avait quitté son premier amant. Elle avait à dessein négligé d'emporter avec elle, en voyage, un de ses portraits. Aussi en le revoyant, elle se demanda tout à coup, si ce n'était point son imagination qui l'avait leurrée à distance, qu'elle trouvait un Philippe Herrera si différent de celui dont elle avait gardé l'image dans son souvenir pendant l'absence.

Du réduit de la serre où elle s'était pour ainsi dire cachée, assise en retrait de la porte-fenêtre, dans l'angle le moins éclairé, tout à loisir, et sans l'obligation de dissimuler sur son visage l'expression des impressions tumultueuses qu'elle sentait l'agiter, elle le regarda.

A son départ, Philippe était mince, nerveux, mais solide; ses cheveux noirs et brillants; sa fière tête rejetée en arrière, et ses épaules très droites. Maintenant sa maigreur était frappante, maladive; ses cheveux, aux tempes, tout gris; sa tête moins hautaine et ses épaules infléchies comme par un fardeau invisible, trop lourd. De plus sa physionomie s'immo-

bilisait en une expression mornement lasse et indifférente ; et au moment où il s'asseyait près de Mme
Drohan, comme il levait les yeux, la même flamme
profonde, qui brûlait autrefois dans ses larges prunelles sombres, y dansait fiévreuse, plus rapide, et
on eut dit qu'il y flottait, éperdu, un reflet de tristesse démente.

Une courte rougeur avait rougi la frêle conque des
oreilles d'Irène. Ses joues pâlirent. Angoissée, mal à
son aise, elle fit un signe à deux des visiteuses de
Mme Drohan qui, non loin de la serre, près d'une
table d'encoignure, feuilletaient des albums. Les
deux jeunes femmes, répondant à son appel, s'assirent
près d'elle et, chuchotant, commencèrent entre elles
une de ces confidences insignifiantes de petites per-
ruches.

— Avez-vous vu l'album de Droh ?

— Mais non !

— On en parle assez ! Songez ; un album de cartes postales qui ne soit pas banal, c'est plus difficile
à composer qu'on ne pense. Aussi Droh n'en est pas
peu fière... Voulez-vous en juger ? Oh ! par un feuil-
let ou deux, car pour le voir en détail... Non pas à
cause du nombre ; vous savez, comme l'œuvre d'un
artiste de genre, ça n'a pas besoin de compter des
centaines de numéros ; « La quantité nuit à la qua-
lité ». Connu le mot, n'est-il pas vrai ? Il court les
rues.

— Gros de sous-entendus !

— Voyez cette carte : *Les pendus.* Un homme, bras

en nœuds attachés à un clou dont la tête est celle d'une jolie petite femme très suggestive. Une femme, doigts en griffes accrochés à un autre clou : la tête d'un beau garçon. Très réussies les expressions... ?

— En effet.

— Et la fable peinte a une moralité.

— ..... ?

Le premier amant se raccroche à nous : nous nous raccrochons au dernier.

— Tiens, ça s'explique !

— Quand je vous dis. Très intéressantes les cartes postales de Droh. Pas toutes morales, c'est vrai ! Regardez celle-ci ! Un peu graveleuse, hein ? Mais ça n'est pas pour nous déplaire. Et cette autre, qu'en dites-vous ? Shut ! Ne criez pas tout haut : shoking !...

— Elles sont dessinées et peintes à la main.

— Et avec beaucoup d'art encore. La plume et le pinceau qui les font gagnent, dit-on, beaucoup d'argent !

— Comme n'importe quelle compagnie de vidanges, c'est sûr !...

Mais Irène ne les écoutait pas, suspendue aux lèvres de l'amant qui parlait.

Il ignorait qu'elle fût là et cependant il n'eût pas dit autre chose s'il eût voulu lui déceler son âme et lui découvrir son tréfonds. Et comme un général en campagne penché sur une dépêche chiffrée qui livrerait les plans de l'ennemi, Irène, penchée vers le salon, l'oreille tendue vers le groupe d'où partait la voix bien connue, l'écoutait attentive.

Leon Roze

Philippe Herrera disait à Mme Drohan :

— Oui, félicitez-moi, chère, Madame. Ne le méritai-je pas en effet ? Je n'ai pas de soucis matériels ! Je ne suis perclus d'aucun membre ! Et mon chien m'est fidèle !...

Une dame dit d'une voix aigre-douce :

— Est fidèle qui peut !

Et un visiteur s'écria :

— La fidélité ? C'est un mythe ! On la retrouvera peut-être un jour à l'état de fossile — étude préhistorique — entre deux couches...

Aimable mais ferme, Mme Drohan interrompit :

— On la trouvera toujours dans la couche d'un honnête homme et d'une honnête femme mariés par amour.

— Pardon ! Pardon ! chère Madame ! murmura le visiteur confus. Et Philippe ajouta :

— Comment pourrait-on douter d'un sentiment tel que la fidélité ?

Une amertume ironique perçait à travers ses paroles. Et Mme Drohan appréhendant vaguement les choses tristes et dramatiques qu'elle sentait, qu'elle voyait, savait et entendait près d'elle et autour d'elle, Mme Drohan ne répondait pas, se demandant à elle-même comment l'homme qu'elle avait devant elle, riche, distingué, titré dans son pays et prêt de devenir l'époux de la plus belle, la plus riche et la plus vertueuse des jeunes filles, pouvait ainsi ne pas sentir son bonheur ?...

— Je suis un homme heureux, en effet ! Et j'ai dû

être envoûté par une bonne sorcière, continuait
Philippe. Ecoutez-moi, Madame — et mon ami Suelo
que voilà vous confirmera les faits — je manque un
train ! c'est pour éviter une catastrophe dans laquelle j'aurais sûrement péri ! Mes fermiers m'ac-
quittent en conscience leurs redevances et l'un d'eux
même ces temps derniers m'a payé jusqu'à des arrié-
rés que depuis plus d'un siècle ses grands parents
durent aux miens ! Et si je prends une carte, j'emporte les enjeux et fais banco en cinq secs ! Bref,
j'excite la jalousie de mes amis !...

Il riait tout haut maintenant. Suelo paraissait agité.

Ce dernier riposta, sans malice :

— C'est pourquoi je ne t'envie pas, Philippe !...

Mme Drohan dit alors résolument :

— Et mesdames de Herencia ? Je m'attendais à les
voir aujourd'hui ! Ni l'une ni l'autre n'est souffrante,
j'espère ?

— Non, Madame. Bien qu'à la vérité je sois mal
venu d'affirmer, car je n'ai pas vu ces dames hier !

Il était redevenu froid et comme indifférent. Quant
à Suelo, il crispait ses paumes sur le bec de sa canne.

A côté de Mme Drohan des hommes causèrent.
L'un disait :

— Nous devrions le demander au baron Jeunet.
L'histoire se passait de son temps.

Et élevant la voix, il appela :

— Baron Jeunet ?...

Un vieillard à tête et épaules voûtées, mains tremblantes, se retournait.

— Baron, vous souvenez-vous de quelle façon Trilby, la chanteuse fut mêlée à l'affaire Duroc?

— L'histoire est d'hier, répondit le baron la voix chevrotante.

Une dame dit tout bas à Irène :

— L'histoire date du troisième empire. La république depuis est née, a grandi, vieilli...

— Oui, jusqu'à devenir gâteuse, achevait une autre femme.

Mais un des causeurs, les cheveux et la barbe grisonnants :

— Contez-nous l'histoire Baron ! Mon grand-père qui vit encore, grâce à Dieu, mais qui perd certains jours la mémoire, l'a un peu oubliée.

Les dames étouffaient leurs rires dans la broderie de leurs mouchoirs. Le vieux baron, sans malice, commençait son anecdote :

— C'est au moment où le général Duroc...

Or, Mme Sainteaux qui retenait son souffle se leva soudain :

— Venez-vous, dit-elle à ses compagnes qui, bavardes, continuaient à chuchoter leurs riens.

Et d'une main tapotant les plis de sa robe, de l'autre appuyée à la taille de l'une des jeunes femmes qui s'étaient levées en même temps qu'elle, lentement elle s'avança vers le groupe.

Suelo la vit venir le premier.

Il faillit se lever de surprise.

Quant à Philippe il ne leva les yeux que lorsqu'elle fut tout proche d'eux. Mais une telle pâleur blémit

alors sa face brune et l'éclair de ses yeux fut si
sombre que Mme Drohan s'effara, jetant à la dérobée
un regard circulaire autour de son salon.

Mme Sainteaux s'était inclinée gracieuse.

— Monsieur Suelo !

— Monsieur Herrera !...

D'un geste naturel, elle leur tendait sa main petite.
Puis elle s'assit près de Suelo, en face de Philippe.
Et tandis que Mme Drohan, charitable, disait à Philippe un mot, une banalité, tout bonnement pour
donner à chacun le temps de se ressaisir.

— Imaginez-vous, monsieur Suelo, que je n'ai pas
même averti Droh ! Je suis tombée chez elle comme
un bolide, il y a une huitaine. N'était que je suis encore bien en chair et en os, elle m'aurait prise pour
un revenant et aurait aussitôt fait quérir le reporter
de la *Revue* spirite !... Quels étonnements j'ai sou-
levés ainsi par mon retour !... Vous le croiriez? On
m'avait oubliée déjà ! Totalement, ma parole ! Ah !
c'est bien vrai que *les Absents comme les Morts vont
vite.*

Son sourire aimable se ponctuait d'un peu de gra-
vité triste.

Elle eut un soupir qu'en simulacre, elle essaya de
retenir.

Avec un effort pour assurer sa voix Philippe, répondit assez sèchement :

— Et si les morts s'enterrent eux-mêmes !... Et
quand les absents s'éloignent à dessein pour être
oubliés ?...

— Excusez, monsieur Herrera, répondit vivement
et directement Irène, mes souvenirs historiques re-
montent un peu haut, et je les cite peut-être un peu
vaguement. N'est-il pas cependant rapporté dans
l'Histoire qu'un grand homme s'éloigna volontairement de sa patrie et n'y revint jamais, afin que son
nom, sa mémoire et ses bienfaits fussent à jamais
conservés?...

— Excusez à votre tour, Madame, reprit froidement ironique, Philippe. Vous semblez oublier que
ce n'est qu'après leur mort qu'on rend justice aux
héros !

— Oui. Mais les héros peuvent attendre. Plus
grands que nature, leur âme taillée dans le granit
ou l'airain, ils défient la mort, le regard dans l'im-
mortalité. Mais nous, nous qui ne sommes qu'humains, nous ne réclamons que le droit à un peu
d'humanité.

Sous ses longs cils, ses yeux au regard humide,
coulaient, vers Philippe, le fluide de leur doux, mais
puissant magnétisme.

III

Un à un les visiteurs de Mme Drohan s'en allèrent.

Suelo même partit. Il s'était levé un peu brusquement sur un mot de Mme Sainteaux, que, prévenu, il trouvait équivoque ou tendancieux.

D'un air de reproche, après avoir pris congé de Mme Drohan et salué Irène avec plus de raideur que de cérémonie, il avait dit à Philippe :

— Alors, il faut que je te laisse ?

Et Irène d'un ton de badinage passablement persifleur avait répondu :

— Oh ! Rassurez-vous, monsieur Suelo ! On vous rendra...., ce que vous aimez !...

Philippe, Irène et Mme Drohan, à présent restaient seuls.

Mme Drohan tachait de dissimuler une préoccupation, une inquiétude indéfinissable qui depuis l'arrivée d'Irène dans son salon n'avait que grandi en malaise.

Irène causait, souriante, l'air confiant et heureux. Philippe, pâle, tourmenté, répondait aux deux femmes, par mots brefs et d'un ton de saccade qui accusait son trouble intérieur.

On frappa à la porte. Une servante parla à Mme Drohan.

— Excusez-moi ! dit alors cette dernière ; j'ai des invités à dîner ce soir, et il me reste quelques ordres à donner. Mais je reviens !

— Va ! Va ! répondit Irène.

Et quand son amie eut disparu sous la portière :

— Je vous prie ! dit-elle à Philippe.

En même temps, elle se dirigeait vivement vers la serre.

Philippe, docilement, la suivit. Elle s'assit et d'un geste, désigna un siège. Philippe non moins docilement s'assit.

Et comme le jeune homme restait silencieux, très pâle, les lèvres serrées, l'air fermé :

— Vous ne pensiez pas me trouver ici, n'est-ce pas Philippe ?

— Ni ici, ni ailleurs, Madame ; répondit sèchement Philippe.

— Voilà qui me flatterait si je vous croyais sincère en ce moment.

— Sincère, je le suis, répliqua Philippe, prenant l'air d'un Alceste bourru.

— Philippe ! qu'avez-vous fait de vos promesses, de vos serments ?...

Sa voix était basse, contenue. Mais elle vibrait, tremblante, paraissant trahir, plus fort que la volonté, le tumultueux émoi de son cœur.

— Des reproches, Madame ? Mais avez-vous perdu la notion du Juste ? Ne vous souvenez-vous donc plus que depuis de longs mois — un an bientôt même — vous m'avez éloigné, écarté. Que dis-je ? De peur que je ne revinsse vous vous êtes enfuie, vous-même, ne laissant ni traces, ni nouvelles !... Pendant ce temps je ne vous dirai pas que je vous ai aimée en pensée, en souvenir, en espoir. Je vous dirai, ce qui est plus probant, que je vous ai écrit... Que je vous ai *fait* écrire... Que je vous ai priée, suppliée, implorée... Que je vous ai fait offrir mon nom, ma fortune !... Promesses et serments n'engageaient que moi, n'est-ce pas, Madame ?

— Philippe, ne m'accusez pas, maintenant ! Vos lettres je les ai reçues. Je les ai lues. Il en est que je sais par cœur. C'étaient les plus tendres. Et je me les suis répétées, pour vous résister avec plus de mérite.

— Passion et devoir !... Ah ! Madame, je vous le disais tantôt : les héros sont toujours méconnus de leur vivant !

— Ne raillez pas, Philippe. Ce serait pour moi la pire des insultes. Or, un gentilhomme tel que vous...

— Ne relève pas l'offense qui vient d'une femme, cette femme fût-elle celle qu'on a aimée jusqu'au plus coupable aveuglement. Je le sais, Madame, c'est pourquoi je mettais en pratique... excusez-moi, le pardon... par l'oubli de vos injures.

— Quelles injures ?

— Vous osez demander, répondit Philippe impatienté. Mais comment se fait donc pour vous, femmes, la démarcation du bien et du mal ? Vous aimez :

tout est bien, même dans le crime. Vous cessez d'aimer...

— Arrêtez, Philippe ; c'est vous maintenant qui n'êtes plus juste.

— Pardon, répliqua Philippe, devenu ironique. J'oubliais, il est vrai, que nous ne devons être que pantins en vos mains...

— Je sais que vous pouvez manier le sarcasme aussi bien que le verbe d'amour, interrompit Irène. Cessez donc vos moqueries, car pour ma honte, je sens, je vous aimerais sarcastique et méchant autant que je vous ai aimé amoureux. Aussi, je vous en prie, consentez à m'écouter.

— Eh bien, dit Philippe, avec une déférence railleuse, eh bien, parlez, Madame.

— Merci, Philippe, murmura Irène. Et elle se confia.

— Que dites-vous Irène ?

De l'étonnement joyeux éclata dans sa voix. Il buvait maintenant les paroles de la jeune femme.

— Je dis, Philippe, que j'ai voulu être fidèle à la ligne de conduite que je vous avouais dans notre dernière conversation à Suresnes. Ah ! quelle lutte pour une faible femme !... J'ai voyagé ! J'ai vu des pays nouveaux. Mais je n'ai rien oublié ! Notre amour ! Les jours heureux que je vous dois ! Vos paroles ! Vos caresses ! Vous, toujours vous. Partout, à Londres, à Genève, à Vienne, au Caire !... Suis-je vraiment belle, Philippe ? Sans la moindre coquetterie, sans l'ombre d'un calcul j'ai fait des conquêtes nouvelles et j'ai écouté des aveux d'amour. Et à chaque parole, à chaque geste, en hommage voilé ou en libertine offrande, je revenais à vous de toute la force de l'amour dont j'étais désirée, convoitée. Je vous aimais quand je partis. En douteriez-vous Philippe !...

Philippe écoutait, comme on écouterait en un songe.

— Ah ! tu doutes Philippe. Eh bien ! veux-tu une preuve ?... Mais dis-moi, alors, tu seras généreux, tu me croiras, tu me comprendras, tu me pardonneras. Dis oui, et je me confesse à toi, comme je ne le fis jamais, pas même à moi-même, en toute loyauté, en tout abandon !... Donne-moi ta main et j'aurai la force de te dire toute la vérité ! Las ! Un baiser sur cette main dont je crois sentir encore la douceur lorsqu'elle caressait mes cheveux, au réveil. Un baiser, et puis un autre et je te dis... Je t'aimais, à cette époque qui me paraît aujourd'hui lointaine comme le Bonheur même ; et je savais que tu m'aimais aussi. Mais pensais-je, et cette pensée m'était un supplice, ses amis, sa famille, cette fiancée de longue date ne se reconquerront-ils pas un jour, et ne m'abandonnera-t-*Il* pas pour eux, ce jour-là ? Oh ! cette crainte !... Tous les amants se lassent vite et le règne des maîtresses ne dure pas tout le jour !... Et je m'étais donnée à toi sans ces simulacres de résistance et de reprise où les femmes excitent la passion de leurs amants. Je m'étais donnée selon mon seul désir, ardent et fou qui n'avait de plus ardent et de plus fou que le tien. Aussi pensai-je encore, de cette plénitude même de volupté, la lassitude, la rancœur ne lèveraient-elles pas ? Alors, dans une crainte obsédante j'imaginais ce que tu sais, Philippe : des remords ! Et je te renvoyai, me disant : S'il t'aime, il reviendra plus épris ! Et tu peux bien comprendre que je ne jouais cette grosse partie que parce que je croyais être sûre de la gagner. Hélas !... La Foi qu'on a en un amant n'est-elle pas cette foi grossière que les races enfantines et les peuples ignorants mettent en une idole de bois ou de pierre ?...

Sa voix s'alentissait, émue et triste. Elle mourut comme un son de cloche lointaine.

— Malheureuse ! exclama Philippe, très pâle, malheureuse qu'as-tu fait ?...

Puis, avec un accent de colère :

— O folle femme !... Il t'a fallu de la subtilité !... raisonneuse ! Le Bonheur ne te suffisait-il donc pas que tu te sois amusée à jouer avec mon cœur, avec ma vie ! Oui, ma vie, car abandonné de toi je pensai mourir, ce pendant que tu courais le monde t'assurant par des conquêtes nouvelles que tu pouvais encore être aimée follement. Et si tu souffris d'aimer un peu, c'était, je peux le croire, pour la volupté nouvelle de cette douleur facile qui sourit en même temps qu'elle pleure, car il lui reste l'espoir !... Tandis que moi, comme un damné pour qui, à chaque aube, la désespérance se lève un peu plus affolante, j'appelais sur ma tête les malédictions et la mort. C'est alors, apprends-le, qu'une Autre femme vint, une Autre qui devina ma souffrance avec la vérité ;

une Autre qui s'approcha de moi avec la simplicité des âmes toutes pures... Elle oublia la détresse où j'avais jeté son âme pour ne penser qu'à la mienne. Elle pleura sur moi, avec moi ; et mieux qu'une mère, une sœur, ange de miséricorde dans les cieux, ange de bonté sur la terre, elle ébaucha l'œuvre de paix en mon cœur !...

— Alors tu... tu te maries.

— Il le faut ; j'ai donné ma parole !

Irène éclate en sanglots, se tord les mains :

— Tu... tu m'oublieras !...

— Tu ne me connais donc pas... Tu ne me connais plus, s'écria Irène avec un cri. Moi oublier ? Moi t'oublier !...

Après un instant de silence :

— Philippe, m'as-tu aimée ?

Elle avait mis ses mains sur le bras de Philippe. Ce dernier, morne, lui répondit :

— Est-ce que ce n'a pas été assez que tu en puisses douter.

— Non. Je ne doute pas. Et moi, crois-tu que je t'ai aimé ?

— Oui, trop peut-être, puisque ton amour a fait mon malheur.

— Eh bien, Philippe, je t'aime plus fort que jamais.

Généreusement, Philippe murmura :

— Pauvre Irène ! et passa la main sur le front de la jeune femme.

— Je t'aime Philippe, et je me prends à t'aimer en

jalouse, avoue Irène. Une jalousie qui me vrille jusqu'au cœur. Je te veux Philippe. Je te veux tout entier...
J'ai aux lèvres encore la saveur de tes baisers. J'ai
sur le corps le frisson de ton étreinte. Dis, tu te
souviens : nos corps vibraient à l'unisson, dans la
même minute ; nos âmes s'abîmaient dans l'extase à
la même seconde.

— Tais-toi, supplie Philippe d'une voix tremblante,
n'évoque pas le passé !

— Pourquoi ? Ce passé n'a-t-il pas été heureux ?

— Oui, mais il est le passé. Et à quoi bon rêver de
lui ; on ne rêve pas sur les choses mortes, soupira
Philippe avec une mélancolie amère.

— Mon amour pour toi n'est pas mort, Philippe.
Au contraire. Et pour te reconquérir, je sens que
rien ne me coûterait. Rien : entends-tu ?... Veux-tu
que je m'humilie ?... que je me mette à genoux.

Elle faisait le geste de s'agenouiller. Philippe la
retint.

— Ne me repousse pas, supplia ardente, la jeune
femme. Philippe, entends-moi...

— Laisse-moi, Irène. J'ai besoin d'être fort.

— Ah ! tu me repousses !... Ah ! je t'aime et tu ne
m'aimes pas...

Irène éclata en sanglots.

— Et moi, maintenant !... Et moi alors !...

Philippe a senti une émotion étrange s'emparer de
lui. Il lutte contre elle, silencieux et immobile.

Mais cette femme qui pleure, qui gémit et se plaint
c'est celle qu'il a aimée plus et mieux que toute autre ;

celle qui, à travers une obscure genèse de sentiments
et d'inclinations, a fait vibrer sa chair et son être
jusqu'aux moindres et plus profondes fibres ; celle
que l'amour lui livra en otage royal de beauté et de
volupté. Il se trouble. Il s'émeut.

C'est par lui, c'est pour lui que cette femme pleure
et gémit. C'est vers lui que ses mains se tendent.
C'est sous son regard que ses yeux s'emplissent de
larmes.

Un choc lui ébranle la poitrine. Les battements ra-
pides de son cœur précipitent l'afflux du sang à ses
artères.

Il s'est levé, l'a prise dans ses bras.

— Irène, je t'aime ! Essuie tes larmes ! Ne pleure
plus ! Je t'aime !... Plus que jamais, je crois. Oui, je
t'aime de tout ce que j'ai souffert de toi !...

Irène a souri, derrière le rideau de ses larmes !

— Tu m'aimes ?... Tu m'aimes encore ?... O mon
Philippe chéri !

Sa tête est à l'appui de la chère épaule. Elle le regarde, les yeux levés vers lui et pleins déjà d'une
heureuse ivresse.

Mais soudain un pli profond a ridé le front de Philippe. Il se redresse :

— Ah ! je t'aime ! et tu m'aimes !... Mais je ne suis
plus libre ! J'ai engagé ma parole. Malédiction !
Qu'allons-nous devenir !...

A ce nouvel et franc aveu, Irène s'est redressée et
passant ses bras autour du cou de son amant :

— Ne pense pas. Ne pense plus ! dit-elle. Nous

nous aimons. Il suffit. Ne parle pas. Ne disons rien.
Mais viens ce soir !... Je vais là-bas, chez nous ! Tout
est prêt pour nous recevoir ! Je t'attendais. La porte
s'ouvrira à ton signal discret. C'est le printemps encore : le jet d'eau murmure sous la mousse, les iris
fleuris bordent le bassin... Comme autrefois, nous
irons bien doucement dans l'allée, sans faire crier le
sable, puis tu me monteras là-haut dans tes bras !...
     Philippe hésite à répondre. Mais Mme Drohan est
rentrée dans le salon. Elle s'avance vers la serre :
    — A ce soir !... dit Irène tout bas.
Ses yeux implorent. Sa bouche prie.
    — A ce soir ! dit Philippe dans un souffle.

IV

Prenant prétexte d'une hypothétique migraine,
Mme Sainteaux s'attardait au lit ce matin pluvieux à
la fin du mois d'août. Sa femme de chambre Juliette
avait ouvert les volets, écarté les rideaux et relevé
les stores, de sorte que de son lit Irène pouvait voir
les arbres du jardin ruisseler et le sable de l'allée
blanchir sous l'averse qui tombait du ciel serrée
comme l'eau de la pomme d'un arrosoir.

Les fleurs étaient fanées qui bordaient le bassin ;
les mousses des rocailles s'étaient déracinées par
plaques ; au faîte des acacias de longs rameaux de
feuilles avaient déjà jauni. Et tout cela, joint au
calme de la maison et au silence de la route, faisait
le lieu et le jour tristes de cette tristesse des choses
qui, ayant vieilli, lentement achèvent de mourir.

Seule dans son lit, la tête renversée dans les
oreillers Irène pensait, et c'était la première fois peut-
être depuis le printemps dernier où Philippe Herrera était redevenu son amant.

Cette reprise d'amour avait eu pour la jeune femme
la saveur et l'attrait de la conquête. Aussi, à cette
heure solitaire son orgueil de femme et sa vanité

d'amante pouvaient, avec délices, refaire par le souvenir, les étapes de cette nouvelle route d'amour par-
courue.

Elle avait reconquis Philippe avec une prompti-
tude et une force qu'elle n'eut jamais crues possi-
bles. Il était redevenu sa chose. Elle se sentait son
Idole. Et elle trouvait, à cette heure, qu'il était bon
d'être aimée ainsi, plus que l'on aime soi-même ; car
l'amour, rarement est fait de sentiments ou de pas-
sions d'intensités égales. Dans l'Amour un aime
beaucoup, l'autre un peu. Un aime, l'autre se laisse
aimer. Et nul doute, pour Irène l'amour consistait
plus à être aimée qu'à aimer, et la satisfaction lui
venait plus de ce que les désirs de sa chair et de sa
vanité coquette étaient remplis et assouvis que de
sentir qu'elle avait rempli et assouvi les désirs d'un
autre.

Mais appronfondissait-elle bien tout ceci, à cette
heure, l'heureuse maîtresse ? Il est peu probable, car
celui qui étudie et dissèque un sentiment, une passion n'est pas celui qui en goûte les joies, mais bien
plutôt celui qui en souffre les affres douloureuses. Et
Irène pouvait bien à cette heure n'éprouver que le
bien-être sensible de son beau corps et la joie intan-
gible et pourtant réelle de sa pensée habitée par un
rêve d'amour orgueilleux.

Mais le ciel gris et bas, résout en larmes ; mais
l'humidité qui, en subtils effluves filtrait à travers les
interstices des fenêtres et de l'huis ; mais le vide de
cette chambre silencieuse où ne résonnaient pas ce

matin là les mots de la litanie d'adoration éperdue
de l'amant, lui gâtaient sa joie et son bien-être et la
faisaient, frissonnante d'un peu de froid et de malaise, se pelotonner dans son grand lit.

Philippe était parti trois semaines auparavant. Ré-
veillé de bonne heure, un matin, il avait avoué brusquement à Irène :

— Je pars tantôt ! Je vais dans mon pays !... Mais
ce ne sera pas pour longtemps ! Tout juste le temps
matériel de mettre de l'ordre dans l'imbroglio de
mes affaires et de ma situation et je reviens !

Et comme Irène soulevait une objection :

— Allons, laisse-moi aller ! Tu sais bien que mon
amour dans les circonstances présentes est un vrai
crime !

— Oh ! avait répondu Irène, tu n'ignores point que
Suelo est auprès de *ces* dames. Donne lui donc le
temps et l'occasion d'accomplir jusqu'au bout son
rôle de consolateur. Il lui vaudra peut-être bien un
jour de réaliser le rêve où il s'entête d'épouser ta
cousine, ce qui te vaudra par ricochet à toi-même, la
paix de ta conscience que je juge, soit dit en passant,
un peu trop timorée.

— Voudrais-tu cependant que je sois jusqu'au bout
un malhonnête homme ?...

Et sans écouter davantage les arguments auxquels
la jeune femme faisait appel, il l'avait quittée.

Or, depuis, Philippe n'avait donné que de rares
nouvelles. Et près de dix jours venaient de s'écouler
sans qu'Irène eut reçu le moindre billet, le moindre

télégramme, où sous les mots de santé et d'affaire se fussent glissés son souvenir et sa pensée fidèles.

Irène se demandait avec inquiétude ce que pouvait bien faire Philippe.

— Resterait-il là-bas ? songeait-elle. Et Estella me le reprendrait-elle ? Le mot d'un psychologue lui revint à la mémoire : « Femmes si vous voulez être aimées, soyez-là... restez-là, sans cesse... la victoire n'est qu'à ce prix !... »

— Faudrait-il que j'aille le chercher ? se demanda-t-elle enfin.

Elle se répondit :

— Quel ennui !... Quelle fatigue !...

Et un peu de lourdeur dans la tête lui rendant la pensée difficile et pénible, elle ferma les yeux :

— Nous verrons plus tard, conclut-elle. Inutile de nous alarmer trop à l'avance.

Mais Juliette entrait.

— Le courrier de Madame, annonça-t-elle, déposant le plateau sur le lit de sa maîtresse.

Fouillant les lettres et les journaux du regard, elle murmura :

— Rien de Lui, aujourd'hui, encore ! Mais voici une lettre de Carry. Je la lirai plus tard !

Elle en prit une autre :

— De qui celle-là ? Je ne reconnais pas l'écriture !

Un ongle dans le pli de l'enveloppe, elle l'a déchirée :

— Maître Leblanc ! mon notaire ! Que me veut-il ?

Elle lit. Une exclamation de contrariété très vive s'échappa alors de ses lèvres :

— Ah ! que m'arrive-t-il ?

Elle saute du lit, sonne Juliette :

— Mon costume tailleur, mon manteau de pluie et une voiture. Vite !

Elle se hâte à sa toilette, nerveuse et agitée ; refuse d'un non catégorique lorsque Juliette vient s'informer s'il faut lui servir à déjeûner ; noue un voile épais sur sa toque, prend ses gants, gagne rapidement la voiture qui stoppe à la grille du jardin et se fait conduire au galop à la gare.

Rentrée à Paris, elle sonne d'une main fébrile chez Mme Drohan et comme celle-ci, prête à sortir pour quelque course matinale, le chapeau sur la tête, s'étonne de la voir paraître si bonne heure :

— Voilà ! dit-elle tendant la lettre du notaire à son amie. C'est de maître Leblanc. Après deux ans, plus de deux ans de jouissance inconstestée, un héritier de Gonthier surgit — un neveu qui produit un testament, postérieur à celui qui me fit la légataire universelle de mon mari.

— Ma pauvre Irène ! Est-ce possible ?...

— Puisque je te le dis ! Lis plutôt !

Mme Drohan lit, en effet. La lettre du notaire est explicite.

— Il faut aller chez maître Leblanc, décide Mme Brohan, en refermant la lettre.

— J'y ai pensé déjà. Veux-tu m'accompagner ?

— Certainement...

Le notaire reçoit immédiatement les deux femmes.
Il connait son métier mais de plus sait être galant
homme :

— Il vous arrive la chose du monde la plus imprévue et la plus malheureuse. J'ai hésité longtemps
avant de vous prévenir. Et je ne l'ai fait qu'après
m'être bien assuré de l'affaire. Voilà le dossier com-
plet. Voulez-vous en prendre connaissance ? Mais
d'abord je vous cite les articles du code civil.

Il ouvre le livre de la Loi :

*Livre III — Titre II — Des donations entre vifs et des
testaments. Chapitre V. Des dispositions testamentaires.
Article 970. — Le testament olographe ne sera point vala-
ble s'il n'est écrit en entier, daté et signé de la main du testateur — Il n'est assujetti à aucune autre forme.*

Article 971. — Le testament par acte public...

— Assez interrompit Irène impatiente. Résumez
moi seulement la situation, maître Leblanc.

Complaisant, l'officier ministériel explique :

— L'héritier universel de feu monsieur Gonthier
votre *mari* est un petit neveu de ce dernier par les
femmes. Absent de France depuis des années, il y
rentre avec le testament qui vous déshérite et qui
fut déposé par la mère et nièce directe du testateur
chez un notaire de Saïgon (Indo-Chine) il y a 2 ans
10 mois exactement c'est-à-dire si je me suis bien
renseigné 3 mois avant la mort de M. Gonthier...

— Ah ! dit soudain Irène, comme se parlant à elle-même de cette voix lente qui traduit les vieux souvenirs, ce serait donc sa nièce Marthe ?

Et s'adressant au notaire :

— Je crois comprendre, maître Leblanc. Mon mari était déjà bien malade lorsque une de ses nièces le visita. Une étrangère pour moi, car je ne pus jamais aimer la famille de Gonthier. Elle s'installa néanmoins chez nous, y passa plus de deux mois, alors qu'elle n'était venue que pour quelques jours. Mais bien que je la susse veuve, elle ne m'avoua jamais avoir d'enfant. De plus quoique déjà sur le retour, elle était elle-même si pâle, si chétive, si rongée de tuberculose, si usée de chagrins que je ne supposai jamais qu'elle pût m'être un obstacle à l'héritage Gonthier... Et peu intéressée, moi-même, à cette époque, l'esprit préoccupé d'ailleurs, instinctivement repoussée par un sentiment de peur et de répulsion de ce vieillard cacochyme et tombé dans l'enfance...

— Mais, interrompit maître Leblanc, si feu M. Gonthier, à l'époque dont vous parlez, donna des preuves évidentes de sénilité, plaidez alors pour que le testament soit cassé. Je vous préviens que la partie adverse s'est déjà constitué un avocat.

— Comment faire plaider la nullité du testament pour cause d'incapacité du testateur alors qu'à une époque postérieure, mon mari signa une vente dont je retirai le prix ?...

Le notaire réfléchit un instant.

— Essayez alors d'une autre tactique. J'ai pu voir

chez mon confrère X... votre adversaire ; c'est un jeune homme très doux, plutôt timide. Peut-être pourrait-on l'amener à une transaction..

Ici, maître Leblanc caressant son menton lisse d'une main molle et blanche, sous ses lunettes d'or glissa vers sa jeune et jolie cliente un regard qui, sans paroles, insinuait une leçon de choses pas mal retorse.

Mais Irène ne vit rien. Elle écoutait moins l'homme d'affaires qu'elle-même. Elle murmura :

— Gonthier !... Gonthier me déshéritant !..

Et une telle colère de haine éclata dans sa voix que Maître Leblanc s'interrompit pour dire en consolation :

— Hélas, chère Madame, on sait bien que les vieillards sont capricieux et ingrats comme les enfants.

V

Le lendemain Mme Drohan vint trouver son amie de très bonne heure.

— Il faut retourner chez Maître Leblanc, lui dit-elle, et consulter le dossier de ton affaire. Les hommes de loi exagèrent souvent. Ils vous poussent dans l'inextricable taillis de la procédure et des procès, à seule fin, souvent, de paraître ensuite vous en avoir seuls sortis. Ils se sont graissés les pattes à votre pot au beurre cependant...

Irène répond :

— Maître Leblanc est relativement honnête. Et je ne pense pas qu'il aille trop en deça ou reste trop au delà de la vérité. J'irai pourtant chez lui, tantôt.

— Veux-tu que je t'accompagne encore ?

— Oui, merci.

Et comme Irène paraît vraiment affectée et préoccupée par cette ennuyeuse affaire, pour la distraire Mme Drohan lui dit :

— Et Philippe ?

— Il s'agit bien de Philippe, à cette heure, s'écrie Irène véhémente. L'amour, c'est le luxe. Et va donc parler de luxe lorsque le pain est en jeu ! Songe que

si la fortune de Gonthier m'échappe c'est la pauvreté
pour moi !... Ah ! je me vois, je me sens misérable,
déjà... Plus de bien-être ! Plus de plaisirs !... Le souci
matériel de sa vie à porter... l'économie parcimo-
nieuse, qui rogne tous les jours un peu de votre liberté, un peu de votre joie, un peu de votre beauté..
enfin !...

— Mais puisque Philippe t'aime, ajoute naïvement
Mme Drohan, Philippe t'aidera !

— Me vendre, alors !

— Mais non, ma chérie, car l'amour accepte tout
de l'amour.

Irène lève les épaules ; toute à son idée fixe, elle
continue :

— Avoir subi sans révolte ouverte l'abjection de
cet amour sénile... Avoir laissé souillé à ce marais
infect de stagnante vie, mon corps jeune et beau,
mon corps avide de vie fraîche et pure, et trouver au
bout cet affront, cette ingratitude !... Oh ! ce vieux
horrible et dégoûtant qui me demandait en marché
mes caresses : un baiser, ma petite, et tu auras mon
argent ! Quel dégoût ! Et comme il était le mari et
qu'il se savait le maître, sans même attendre ma ré-
ponse qui de moi-même eût toujours été négative, il
prenait ce qu'il voulait... en voleur, en goujat !...

— Peut-être avais tu laissé voir à ton mari ta répulsion ! Ou bien, ayant appris ou deviné ton amour
pour Philippe, il a voulu se venger de tes dédains.

— Tu sais bien que je n'ai été la maîtresse de Philippe qu'après la mort de Gonthier...

Les deux amies étaient arrivées chez le notaire.

— Nous venons consulter le dossier, dit Mme Drohan au nom d'Irène.

Maître Leblanc fit asseoir les jeunes femmes, ouvrit le tiroir vert d'un cartonnier et moitié lisant, moitié expliquant, fit passer les pièces diverses de l'affaire aux mains des deux femmes.

Mais Irène demanda tout à coup :

— Au fait, maître Leblanc, le nom de l'héritier ?

Un coup discret frappé à la porte empêcha le notaire de répondre. Un de ses clercs entre, s'approche, parle bas. Quand celui-ci est sorti :

— Chère Madame, dit l'officier ministériel avec confidence, l'héritier de feu M. Gonthier est là. Voulez-vous le voir ?...

Avant toute présentation ?... Vous en pourriez tirer un augure pour vos intérêts, car je n'espère guère pour vous qu'en une transaction.

Et comme Irène, acquiesce, sans but, sans idée définie encore, Maître Leblanc sonne, et au garçon qui, debout sur le seuil, attend un ordre :

— Introduisez ! dit-il.

La porte s'est refermée sans bruit.

Le notaire, paternel et finaud, dit alors à Irène :

— Soyez aimable, chère Madame ! Tout n'est pas perdu, peut-être ! Allons souriez ! J'adore un beau sourire et... je ne suis peut-être pas le seul.

La porte s'est rouverte.

Un jeune homme entre. Il est petit et blond, le teint hâlé comme par un séjour dans un climat brû-

lant, il lève les yeux, et ses yeux gris de cette nuance
des aubes incertaines qu'un clair rayon pailleterait d'or
fin étincellent soudain de joie inattendue et heureuse.

  — Mme Irène ! s'écria-t-il, sans voir personne autre qu'elle.

  — Louis Chatelain !... balbutie Irène saisie d'étonnement !

VI

Rentrée chez elle, Irène, sans même quitter son chapeau, écrivit à Louis Chatelain :

« Il est des détails au sujet de la succession de votre « oncle que mieux que votre notaire, votre avocat et « les miens, je peux vous donner. Venez causer. Je « suis à l'hôtel Gonthier et je vous y attends.

Irène.

Puis envoyant le billet par un exprès elle monta dans sa chambre.

Mais elle se trouvait dans un tel désarroï mental qu'elle ne songea pas même à quitter son manteau et s'assit machinalement :

— Louis Chatelain !... Le parent de Gonthier !... Son héritier !... se répétait-elle d'instant en instant.

Elle ne pensait pas davantage et pas plus loin. Une grande barre de fer lui parut avoir fermé son entendement, intercepté sa raison.

Et les minutes passant, midi sonna.

Dans une heure, dans deux, Louis Chatelain sera là, car Irène n'a pas douté un instant qu'il puisse refu-

ser de se rendre à son appel. Il sera là, oui ; mais que
lui dira-t-elle ?

Elle ne sait pas.

Il faut pourtant qu'elle sache puisque c'est elle qui
l'a fait demander. Mais elle n'imagine rien. Elle ne
peut rien imaginer. Il lui semble tout à coup qu'elle
ne saura même pas s'y prendre pour lui dire bonjour.

Elle ne craint pas Chatelain pourtant.

En tout autre temps cette idée de le craindre la
ferait rire à se tordre et si un des deux doit être gêné
tantôt, ce sera plutôt lui qu'elle. Et ceci elle le sent
très bien.

— Mais que lui dirai-je? se demande-t-elle encore.

Juliette a frappé discrètement, puis est entrée.

— Madame voudrait-elle être servie ?

Irène paraît s'éveiller.

Ah ! dit-elle, quelle heure est-il? Une heure déjà !...
Oui qu'on serve. Je descends.

Subitement résolue elle se lève alors, passe dans
son cabinet de toilette, se dévêt, et sans aide se re-
coiffe. Puis elle se rhabille d'une robe d'intérieur d'une
étoffe molle et souple qui drape harmonieusement les
lignes impeccables de son beau corps, d'une robe d'un
gris atténué d'aube automnale, où ses traits s'affinent
et son teint s'alanguit ; d'une robe d'une simplicité
d'étole de nonne où court cependant, discrète richesse,
entre deux pans de l'étoffe qui descendent du col sur
les pieds, un ruissellement de vieilles dentelles mêlées
à une broderie d'or et de soie. Puis elle visse à ses
oreilles deux boutons faits de deux perles énormes

gainées d'or vert et serties d'émeraudes ; suspend à
son col dénudé un fil de platine avec, à la hauteur de
la gorge, un talisman d'émaux cloutés de rubis ; ferme
à son poignet un bracelet fait de diamants roses et
gris montés sur or ; glisse à ses doigts des bagues où
les solitaires, les opales et les sombres saphirs s'étoi-
lent tour à tour des feux des phares sur les mers.

Elle descend alors à la salle à manger, s'assied à
la grande table où son couvert est dressé et, calme en
apparence, mange sans appétit mais sans dégoût.

Son repas achevé, elle remonte dans le boudoir et
prend un livre dont elle coupe machinalement les
feuillets sans les lire.

Maintenant Chatelain est au salon. Juliette est mon-
tée en prévenir sa maîtresse. Et cette dernière pense :

— Louis Chatelain, dans le grand salon, en bas,
doit regarder les murs et les meubles tendus de bro-
cart, les objets d'art, les tableaux et tout joyeux se
dire : Tout cela sera à moi demain ! Et en passant,
dans l'antichambre particulière du côté du grand escalier, par où Juliette le fera monter, il regardera tout
à l'heure le portrait en pied du vieux Gonthier qu'elle,
Irène, a fait reléguer là, et ému, le saluant du cœur
et du regard il pensera : le brave homme !

— Faites monter ! a commandé Irène, enfin.

Introduit par Juliette, Louis Chatelain a fait un
pas vers elle, puis s'arrêtant brusquement, pâle et
gêné, il s'est incliné sans mot dire.

— Des... frères ennemis qui s'abordent alors, demande Irène qui sourit, tendant la main.

Lui se trouble.

Allons, dit-elle gracieuse autant qu'aimable, as-
seyez-vous. Et vous pourrez m'interroger comme le
fidèle dépositaire de vos biens, lui-même !

— Madame !... Irène !... balbutie Chatelain. Et il
devient très rouge.

Irène continue.

— J'ai pensé, mon cher Chatelain, que vous seriez
peut-être bien aise de savoir le chiffre exact de la
fortune qui sera vôtre demain.

— Voilà de quoi se compose l'intégrale fortune de
M. Gonthier : Deux fermes dans le Poitou ; une usine
à Levallois-Perret ; une villa à Hyères ; dix mille
francs de rentes sur l'Etat et... cet hôtel.

— Irène !... implore Louis Chatelain qui paraît au
supplice. Puis, résolument :

— A mon tour, savez-vous pourquoi je suis venu ?

— Ce n'est pas pour savoir la valeur de l'héritage
que je suis venu, Irène, mais bien pour savoir de
vous, si quand nous nous sommes connus...

Arrêtez-vous, Louis ! avant que d'achever votre
blessante question. Et puisqu'il faut reprendre notre
histoire à ce lointain chapitre, laissez-moi vous dire
aussi loyalement, que je suis disposée à vous aban-
donner l'héritage de Gonthier, que jusqu'à ce matin
où nous nous sommes rencontrés chez maître Leblanc,
j'ignorai votre identité de famille.

— Alors, pourquoi ne pas vous être présentée à moi
sous votre nom, lors de notre voyage ?

— N'était-ce pas encore mon nom — plus mon nom

que celui d'un mari détesté — celui sous lequel vous
m'avez connue, c'était celui de ma mère !... Et la
précaution de me mettre à l'abri de ce nom, n'était
pas à cause de vous. Je vous le jure ! N'en voulez-
vous qu'une preuve ? Je descendis à Dieppe, déjà,
l'année qui précéda notre rencontre. J'y fus inscrite
sous ce nom. Il vous sera facile, j'imagine, de vous
en convaincre !...

Irène était sincère. Et Chatelain ne demandait qu'à
croire. Il arrêta la jeune femme.

— Causons, voulez-vous, dit-il doux et conciliant.

— Volontiers. Et je vous dis tout de suite pour ne
pas nous écarter de notre sujet que je me remémore
et comprends maintenant les intrigues de votre mère.

— Ne dites pas à moi du mal de ma mère. Ce que
l'amour maternel couvre, serait-il crime, a droit toujours au pardon. D'ailleurs, s'il y eut indélicatesse,
songez Irène que ma mère en fut bien punie. C'est
pour moi n'est-ce pas, c'est pour un fils unique, adoré,
qu'elle entreprit ce long voyage en France et vint
capter cette fortune ? Eh bien ! apprenez-le, elle n'eut
pas même la satisfaction de me la remettre. Débar-
quée mourante à Saïgon, alors que j'étais en service
commandé dans les terres, elle expira avant mon
retour. Quand j'arrivai, elle était au cimetière. Et
c'est le notaire qui me remit avec son dernier adieu,
son testament auquel était jointes les dernières volontés écrites de mon grand oncle Gonthier. Il fallut quelques mois avant de pouvoir obtenir un congé.
Quelques jours après mon arrivée en France, je vous

Leon Roze

rencontrai... Vous savez la suite et comment j'oubliai un temps l'Intérêt pour l'Amour !... Et si vous ne m'aviez pas renvoyé...

Louis Chatelain souriait, un peu mélancolique.

— Moi ? Je vous renvoyai Louis ?

— Bien gentiment ! Bien officieusement, c'est vrai ; mais j'eus tout lieu de prendre pour un congé formel.

— Quel dommage, alors, Louis ! Je serais encore riche et vous encore amoureux !

— Mais pourquoi cet " *encore* " Irène ? Supposeriez-vous que je ne vous aime plus ?...

Et l'avez-vous cru seulement que je vous aimais ?

— Il ne me déplaisait pas le penser.

— Dites-moi, maintenant la fortune de Gonthier?...

— C'est la seule dont j'aie pu jouir jusqu'à ce jour. Gonthier m'épousa pauvre.

— Mais alors ?...

— Alors Louis, je redeviendrai pauvre. Voilà tout. Mais ne vous inquiétez pas de moi. Je ne sais pas encore où j'irai... Ce que je ferai ou pourrai bien faire !... Il faudra que j'y songe pourtant !... Mais j'ai besoin surtout de me faire d'abord à l'idée d'être pauvre...

Tout en parlant par petites phrases bien ponctuées, elle retirait une à une ses bagues les laissant tomber d'un geste de main distraite dans une coupe de verre de Venise sur une petite table à portée de son bras ; puis elle dégrafa ses bracelets, son collier, les jeta avec les bagues du même mouvement d'indifférence

superbe ; dévissa ses boutons d'oreille, et les jeta de
même. Et quand elle n'eut plus un bijou sur elle, de
ses doigts fins, lissa les bandeaux de ses cheveux et
d'une épingle d'acier croisa les pans de sa robe pour
que sous l'étoffe se dissimulât la retombée des riches
dentelles.

— ...Pauvre comme une sœur grise qui va quêtant
de maison en maison... achéva-t-elle en souriant encore.

Et sans bijoux, les cheveux tirés aux tempes
vêtue en ce grand lais d'étoffe droite et unie d'une
couleur éteinte, Chatelain ne voit plus que les feux
de ses yeux, les reflets de sa peau, la richesse de ses
formes. Et il la trouve soudain plus belle, plus sédui-
sante que jamais.

— Taisez-vous, Irène, s'écrie-t-il tout à coup.

— Vous n'êtes pas faite pour être pauvre ! Vous
ne le serez pas ! Non je vous le jure ! Nous partage-
rons, voulez-vous ?

Et comme Irène déniait d'un geste :

— Ah ! Vous ne me trouvez pas généreux. C'est
vrai ! Pardon ! Si vous voulez faisons un échange.
Votre fierté n'aura pas à en souffrir et mon amour
pour vous y trouvera son avantage Irène...

— Je vous le jure !... Si vous voulez faisons un
échange. Je vous donne cette fortune. Donnez-moi
votre beauté... Je vous aime ! Souvenez-vous !... Et
soyez ma femme !...

— J'ai un vilain souvenir du mariage. Je ne voulais plus me marier !

— Un triste passé est le garant d'un avenir meilleur, Irène. Je vous ferai riche, je vous ferai heureuse... supplia Louis Chatelain.

Irène n'avait pas répondu.

Mais elle ne retira pas sa main quand Chatelain la prit pour la porter à ses lèvres.

VII

Des jours passèrent au cours desquels Irène ne
voulut pas condescendre à revoir Chatelain, après
cette entrevue, où le jeune homme naïvement épris,
s'était laissé circonvenir par la tactique savante de
la coquette.

Cependant, Mme Sainteaux recevait les billets très
tendres, très passionnés, où à nouveau Louis Chatelain se mettait à ses genoux, lui offrant, avec libéra-
lité, son cœur, son nom et sa fortune.

Par son ordre, l'affaire de la succession Gonthier
avait été suspendue et Maître Leblanc, le notaire
d'Irène en avait confidentiellement avisé sa belle
cliente.

Aussi, sentant le chemin de son avenir se raffermir
sous ses pas, après ce simulacre apeurant d'éboulis,
Irène jouissait-elle en gourmande du lent plaisir de
sa tranquillité revenue.

Elle lisait complaisamment les lettres de Chatelain,
sa vanité s'accommodant, non sans délices, de ce
régal de phrases chantantes, où l'humble timidité
d'un sentiment sincère se heurtait, sans discordance,
à la violente ardeur d'une passion réelle.

Sa rigueur, toute feinte, n'allait point cependant jusqu'à couper court au lyrisme attendri et à l'espoir persistant du trop fervent amoureux et le silence et l'absence étaient juste à point par elle ménagés pour entretenir la fièvre et le désir de son soupirant.

Une fois, comme si le hasard eut été le seul facteur de la rencontre, inopinément, elle se trouva descendre les marches de l'église de la Madeleine, au moment où Chatelain les montait.

— Je venais pour rencontrer l'abbé Maur, vicaire de cette paroisse, dit Chatelain, très franc, à Irène. C'est un camarade d'enfance resté mon ami, et j'ai recours à ses conseils dans tous les moments troubles de mon existence.

— Moi aussi, reprenait la jeune femme, en une demi-confidence, moi aussi j'ai besoin de l'Eglise, cet abri aux voûtes sûres, dans les minutes qui précèdent les grandes résolutions à prendre.

Et son regard lointain, retiré au double-fond de la prunelle noire et des paupières longuement frangées avait augmenté, depuis cette heure, le tremblant émoi qui agitait Chatelain.

Une autre fois, comme si une force occulte lui eut fait violence, elle avait répondu à Chatelain qui lui écrivait son impatience de voir son sort fixé :

« Le cœur ne résiste pas plus à l'amour vrai que les ailes du papillon à la flamme. Hélas ! je m'en convaincs. Et cet aveu que vous m'arrachez, à ma volonté défendante, peut vous être l'assurance d'une prochaine victoire... »

... Cependant le souvenir de Philippe ne laissait pas que de revenir, par intervalles, s'interposer entre la pensée d'Irène et celle de Chatelain.

Il se produisait alors dans le tréfonds de la jeune femme, une sorte de phénomène psychologique où, en un bref cataclysme, se rencontraient, obscurément pressentis et très vaguement définis les regrets passifs du vieil amour pris en habitude, et les dépits batailleurs de l'abandon connu ; le besoin impérieux d'une vengeance certaine et la veule crainte de toucher à un passé heureux.

Mais l'analyse de notre cœur nous amène souvent à une constatation décevante et amère. De plus elle est difficile et pénible toujours. Or Irène n'allait pas volontairement à la rencontre des affirmations tristes ou déplaisantes. Quant à l'effort, sa nature paresseuse y réfractait.

Aussi ne se laissait-elle qu'effleurer par le souvenir de Philippe.

— Je l'aimais bien... soupirait-elle, se parlant parfois à soi-même !

— ... Mais il m'abandonne ! ajoutait-elle alors d'un air de reine offensée.

— ... Vraiment ?... Eh bien ! je lui prouverai combien peu je fais cas de son infidélité... continuait-elle, s'exerçant au dédain et à l'indifférence — les épaules levées. Elle se disait encore :

— ... Il veut m'éprouver, à son tour, peut-être ?...

— ... En ce cas nos jeux sont pareils... concluait-elle.

Puis elle se demanda encore :

— Mais reviendrai-je, comme lui, à la partie finale... ?

A cette question elle ne répondit pas.

Frivole, n'envisageant que l'apparence des choses et ayant une foi de petite fille en son étoile qui ne s'était pas encore voilée, elle se trouvait simplement ennuyée par le tour que prenaient pour elle, et autour d'elle, les événements.

Entre temps, pour se distraire de la solitude passagère qu'elle s'imposait et où, en un éclair de lucidité sa conscience eût pu pousser son cri d'avertissement, Irène avait demandé à son amie Carry Hamsley de s'en venir auprès d'elle, pour quelques jours. Cette dernière ayant répondu par une arrivée hâtive à son appel, ce fut avec une joie d'écolier en récréation, qu'Irène initia l'anglaise à la romanesque aventure qui se jouait dans sa vie.

Et Carry rien moins que subtile, prêchait plus que de l'épicurisme à sa brune compagne.

— Le mariage avec son flirt, my dear, c'est la belle retraite d'une belle carrière ! Epousez, épousez Châtelain...

— Mais mon... amant ! Mais Philippe ! objectait Irène, un reste de regret en remords froissant tout à coup une des rares pupilles sensitives de son épiderme moral, au sens émoussé.

— Un amant ?... Un amant n'a-t-il pas toujours plus que son dû ?... my dear...

Persuadée qu'elle avait énoncé là une pensée d'une

véracité d'axiome. Carry levait sur son amie un tel regard de sincérité qu'Irène se sentait déjà prête à accepter de suivre un plan de conduite plus en rapport avec son intérêt qu'avec son devoir.

Et comme vers cette époque, Mme Drohan s'absenta pour accompagner son mari aux eaux, à distance, son influence, exercée seulement par des conseils écrits, que dictaient bien une amitié pure et vraie, mais trop encline à la faiblesse, son influence fut insuffisante pour ouvrir les yeux d'Irène, aveuglément fermés.

Aussi, Mme Sainteaux se décida-t-elle brusquement un matin à prier Chatelain pour une réception le jour suivant, où quelques intimes seraient acheminés à prévoir leur mariage possible.

VIII

— Juliette, vous n'êtes pas encore entrée chez Madame ?

— Mais Madame ne m'a pas encore sonnée.

— Vrai ? Il est tard cependant, et une toilette de noce ne se fait pas en un tour de main. Aussi les invités seront là j'imagine bien avant que Madame soit prête.

— La mariée se fait toujours attendre.

— On le dit. Pourquoi ?

Le valet sourit à la naïve question de la jolie femme de chambre.

— Mais avez-vous jugé du coup d'œil du grand escalier Juliette ? Le tapissier et le jardinier à eux deux en ont fait une merveille. Et quand je serai debout au bas, avec ma livrée neuve — une livrée qui me va... Jugez Juliette... je l'ai fait retoucher trois fois.

— Vous en compléterez admirablement la perspective, Jean ; vous êtes si beau garçon.

Jean sourit complaisamment.

— Mais, reprit Juliette, êtes-vous entré au salon de réception ?

— Oui, avant hier, j'ai soulevé la portière, doucement tandis que le notaire lisait le contrat.

— Si vous n'avez regardé que de la porte, vous n'avez rien pu voir. Quel dommage ! Les bijoux de la corbeille de noce sont si beaux ! Exposés dans la grande vitrine Louis XV, ils font l'effet du trésor d'une église. Il y a des perles grosses comme des pois, des saphirs comme des cabochons ; des colliers et des bracelets qui ressemblent à ceux des statues miraculeuses tellement ils sont lourds et chargés de pierres précieuses... Et les fleurs, Jean !... Les plus rares, les plus parfumées, les plus fines !... Je n'en ai jamais vu autant sur l'autel de la Madone, un jour de fête !

Rêveuse :

— Madame est heureuse ! Madame est tellement aimée !

— Juliette, ma chère, vous ne mesurez pas, au moins l'amour au nombre et à la valeur des cadeaux ?... Il n'y a pas que les riches qui aiment... dit sérieusement le valet.

— Oh ! Jean, je le sais bien... Et si je parlais ainsi... Mais décidément, Madame serait-elle restée endormie ? Je vais passer par le cabinet de toilette, prenant prétexte de la robe de noce, et je verrai ce que fait Madame.

Juliette entra dans la chambre de sa maîtresse et déposa sur le lit la robe de crêpe de Chine argenté qu'Irène allait revêtir pour la cérémonie religieuse de son mariage avec Louis Chatelain.

Activées par le jeune homme les choses n'avaient point langui. En un mois l'accord définitif avait été préparé et conclu. Par actes devant notaire, Chatelain avait renoncé à la succession Gonthier, mais en retour, par contrat de mariage, Irène lui ouvrait la communauté de ses biens, tandis que chacun d'eux instituait l'autre son légataire universel, en cas de mort.

La veille ils avaient accompli la formalité du mariage civil. Il ne leur restait donc qu'à recevoir la bénédiction du prêtre et leur roman, si hasardeusement ébauché, s'achèverait par une fin légitime quoique bien imprévue.

En déshabillé blanc, la jeune femme assise à son petit bureau, près de la fenêtre aux mystères écartés, achevait une lettre, lorsque Juliette entra.

— Madame?... Madame, il est 9 heures, et le coiffeur attend dans le cabinet de toilette.

Sans se détourner Irène répondit :

— C'est bon. J'achève !

Mais Juliette debout, au milieu de la pièce, ne se retirait pas.

— Eh bien, ma fille, qu'y a-t-il?... demanda Irène.

— Je ne sais si Madame m'écoutera. Il n'est sûrement pas l'heure de l'accabler de mes doléances.

Se sentant incliner à une bienveillance soudaine, Irène demanda :

— De quoi s'agit-il ma fille ?

— D'une petite confidence... Si Madame...

Elle s'arrêtait, subitement embarrassée.

— Juliette, vous devez veiller trop tard, dit alors Irène, levant les yeux sur elle. Votre teint est déplorable et vous avez des yeux brillants de neurasthénie.

La servante s'excusa :

— Ce n'est pas de ma faute. Je n'abuse pas de la liberté que Madame me donne.

— Alors ?

— Je suis en souci.

— A quel propos. Est-ce parce que je me marie ? Je me marie, c'est vrai. Il ne s'ensuit pas que je vous abandonne, alors vous n'allez pas au moins me prier de vous recommander à une de mes amies ?...

— Je sais, expliqua Juliette, que Madame est bonne ; mais mon respect à part, voir marier Madame me donne envie. Entendre le maire vous lire des choses gravement, et après lui le curé...

— Tiens, vous pensez vous marier ?

— Si Madame le permet. Et si je ne suis pas absolument nécessaire à Madame...

— Ma fille, tout le monde est utile, mais personne n'est indispensable... Aussi vous prendrez votre congé quand il vous plaira !

En parlant Irène avait pris sur son bureau un couteau poignard qui lui servait d'ordinaire à couper les feuillets de ses livres — un couteau à la lame triangulaire et courte grossièrement emmanchée de corne brune. Et jouant avec elle le tournait dans ses mains, et passait ses doigts fins sur la lame :

— Oh ! Madame, laissez cette arme. Vous, vous ferez du mal, s'écria tout à coup Juliette.

— Il est rouillé là, à cet endroit de la lame, répondit tranquillement Irène. C'est le sang d'une femme qui fut tuée avec !

— Quelle horreur ! Et Madame le garde ?

— Mais précieusement ! C'est un cadeau de prix.

— Mais pas de goût ! sauf le respect que je dois à Madame.

Irène sourit.

Elle pensait tout à coup à Philippe qui, l'année précédente, pour céder à un de ses caprices, s'était dessaisi de ce couteau en sa faveur.

Cependant un bruit confus de voix arriva jusqu'à Irène.

Elle se leva.

Ce fut pour recevoir trois jeunes femmes qui, en toilettes de cérémonie, pimpantes et coquettes, faisaient sans façon, irruption dans sa chambre.

— Bonjour Irène ! cria l'une dès la porte.

Les deux autres en écho répétèrent :

— Bonjour !

— Bonjour !

— Encore en robe de chambre la mariée, s'exclama l'une d'elles.

— Je me suis levée tard, expliqua Irène.

— Levée tard... Or ça, tu plaisantes... Je n'ai jamais entendu dire qu'une veille de mariage on pût s'attarder au lit.

— Pourquoi ?

Des clignotements malicieux de paupières ; un

chuchotis de lèvres ironiques lui répondirent. Et les trois jeunes femmes éclatèrent de rire :

— Ah !... Ah !... Ah !...

Irène leva les épaules.

— Nigaudes !... Me prenez-vous pour une Agnès !

On entendit à ce moment la sonnerie électrique retentir longuement. Une des jeunes femmes se précipita vers la porte, resta quelques minutes dehors et rentra pour dire :

— C'est Dalboy !... Ton témoin, ton cousin !... Sans excuse Irène. Je descends... tu devines ?...

— Oui, cours à lui, ma... cousine !... exclama Irène amusée.

Et la rappelant soudain.

— Dis-nous, avant d'aller, hein ! c'est toi qui ne resterais pas endormie la veille de ta nuit nuptiale avec Dalboy ?

La jeune femme se retourna :

— Ah ! certes... A moins que, ajouta-t-elle restrictive, à moins que nous n'ayions fait Dalboy et moi, de cette veille le lendemain.

Elle sortit, riant tout haut. Une des autres invitées faisant un geste dans la direction de la rieuse, s'écria :

— En voilà une qui flirte sans retenue et qui aime sans mystère.

Irène dit alors :

— Mais si vous vouliez bien me laisser habiller... Vous me mettrez en retard ?...

— Nous descendons, dirent les deux amies. Pour-

tant, dis-nous : quelles fleurs mettras-tu à ton cor-
sage ?

— Des roses, expliqua Irène condescendante. C'est
Chatelain qui les a choisies.

— Des roses d'amour ! exclamèrent rieuses les
jeunes femmes. Ton fiancé est donc symboliste ?

— Jusqu'à... la fleur, oui, mes belles !

Mais une des deux causeuses montrant du doigt
le couteau poignard qu'Irène avait gardé à la main
et dont elle continuait machinalement à jouer,

— Est-ce aussi pour le symbole que pareil joujou
est dans tes mains, ce jour ?

Avec un air qui veut paraître fâché, Irène l'arrêta :

— Fi l'horreur ! La noce où je vous ai priées, ce
jour, n'est pas une noce chez les Somalis !... Allons,
vite, dehors... vite, bavardes, malicieuses,...

Elle les repoussait vers la porte, des deux mains.

Elle ajouta avec une emphase badine :

— Laissez-moi !... Il me faut livrer ma tête.

— Sa tête ! Elle dit sa tête,.. clamèrent les deux
rieuses.

— Ma tête au coiffeur ! Est-ce compris ?... acheva
Irène.

Les jeunes femmes sorties, on les entendait rire
de loin.

IX

Irène revint à son bureau, reprit sa lettre. Mais madame Drohan entrait.

— Bonjour Droh ! lança-t-elle à son amie.

Et fermant la lettre dans son enveloppe elle leva les yeux.

— Oh ! s'écria-t-elle, faisant la moue, tu ne t'es point fait belle !... Tu es cependant mon témoin !... Et tu as une robe sombre ?... Tu n'es pas ma mère pourtant !...

— C'est vrai. Mes titres d'amie et de témoin à ton mariage auraient demandé un peu plus de recherche et d'élégance dans ma toilette. Mais te dirai-je pourquoi je me suis à dessein négligée !...

Après une hésitation :

Mme Drohan était un peu pâle. Elle paraissait triste.

— Tu veux savoir pourquoi, Irène. Eh bien ! ne m'en veuilles pas de ma franchise, mais ton mariage m'écœure !... Il est une trahison...

Irène a levé les épaules.

— Et une trahison double, insista Mme Drohan,

car tu trahis aujourd'hui non seulement Philippe,
mais encore Chatelain.

— Allons, ma bonne Droh ! je vois que tu as envie
de placer ton petit sermon. Merci. J'aurai tantôt celui de M. le Curé, et je pense qu'il suffira. Je ne
trahis pas Chatelain. Il ne m'a point demandé compte
de mon passé. Il sait qu'il épouse une... veuve et non
pas une vierge. Que lui dois-je ! Mon avenir, non
mon passé. Et comme il ne prétend pas à davantage,
il serait naïf de ma part, j'ai tout lieu de le croire,
d'aller me montrer plus intransigeante qu'il ne l'est.
Quant à Philippe où est ma trahison ? Il a été mon
amant, c'est vrai. Mais avoir un amant, comme avoir
une maîtresse, c'est garder la liberté dans l'amour ;
c'est pouvoir se prendre quand on veut, se quitter
quand il plaît. — Il n'y a pas entre soi de contrat
écrit et les promesses verbales, tu le sais, ne comptent pas pour les hommes...

J'écris à Philippe. Tu vois, je suis polie. Prends
cette lettre ; ce soir quand nous serons dans le train
tu l'enverras. Avant qu'il la lise nous serons sur le
bateau qui nous emportera aux Indes. Et quand il
reviendra de son étonnement, j'aurai achevé mon
voyage de noces. Mon mari reprendra sa vie admi-
nistrative, parce que je ne veux point exiger de lui le
sacrifice de sa situation, et moi... moi, peut-être rê-
verai-je encore de *Lui*... Tu vois qu'il n'est point trop
à plaindre et qu'il n'y a point lieu de pleurer sur son
sort... Il m'oubliera va ! avant que je ne l'ai oublié
moi-même... car, celui qui vient le premier dans une

vie de femme est le dernier qui s'en aille dans son souvenir. — Tandis que lui !...

— Cependant, essaya d'insinuer madame Drohan, cependant il t'a assez aimée !

— Justement ! Il a dû se lasser.

— Non, je ne peux le penser. Ne disais-tu pas toi-même : « Philippe, c'est un inlassable. »

— On dit !... murmura Irène d'un geste vague ! On dit ! On croit !... Ah ! est-on jamais sûr de ce qu'on dit... de ce qu'on croit.

Mais madame Drohan arrêta son amie.

— Je te prends, Irène, à ton propre raisonnement... Peux-tu être sûre que Philippe te délaisse ?

— J'ai tout lieu de le croire, partant d'être excusée.

— Prouve-le moi ?

La preuve est évidente qu'en ce moment, je l'occupe peu, trop occupé qu'il est d'Estella, sans doute. Tu crois ! Il n'a pas écrit depuis près de deux mois et je sais qu'il est près de sa cousine.

— Mlle de Herencia est très malade...

— Qu'importe !

— Comment, qu'importe ! Mais tu sais fort bien de quel mal se meurt cette jeune fille et quels reproches violents, Philippe qui est homme d'honneur, doit subir de la part de sa conscience. — D'ailleurs l'instant n'est pas à la discussion ; Irène, Philippe est ici et je tremble pour toi... Il me semble que ce jour ne se passera pas...

Irène éclata de rire :

— Ma pauvre Droh ! dans ton jeune âge tu as dû trop aimer l'ancien théâtre de la porte Saint-Martin !... Ne t'effraie donc pas à plaisir !

Des pas précipités se rapprochèrent venant de la pièce voisine. La porte s'ouvrit. Dalboy, le cousin et témoin d'Irène, entra en coup de vent poursuivant la jeune femme qui, tantôt, avait mis autour d'Irène la gaîté factice de son esprit léger et superficiel.

Se retournant brusquement, avec un mouvement d'impatience.

— Qui est là ? demanda Irène.

— Moi ! Rien que moi, s'écria essoufflée la jeune femme qui, debout devant la psyché, rajusta son chapeau. C'est Dalboy qui me poursuit. Je viens ici chercher la paix.

— Irène, ma chère cousine, nous jouions... tenta d'expliquer le jeune homme.

— Aux jeux innocents, seuls tous deux dans ton boudoir... reprit la jeune femme en riant.

Mais Dalboy lui cria :

— Méchante !... Ah ! la bavarde...

Et supplia Irène :

— Ne l'écoute pas !

— Sinon, il y aurait de quoi te faire enchaîner, n'est-ce pas ? rit tout haut Irène. Dalboy répartit.

— A la ceinture de cette adorée ? Alors qu'on le fasse !...

Et il fit mine d'enlacer la jeune femme.

— Dalboy, tu n'es pas sérieux, gronda Irène.

— Moi ?... Pas sérieux !... Demande-le lui.

Et faussement contrit, à la jeune femme.

— Ne m'avez-vous pas pris au sérieux, tantôt?

— Vous êtes insupportable, déclara cette dernière.

Mais les jeunes gens rapprochés se prirent à parler tout bas en souriant, puis les doigts joints, ils sortirent sans bruit de la chambre.

Irène interrogeait son amie :

— L'as-tu vu, Droh? Lui-même?... Es-tu bien sûre? insistait-elle.

— Oui, bien sûre. Je l'ai vu moi-même hier.

— Où?

— Chez les Mac, nos amis, entre 5 et 6. Mais il ne fit qu'y paraître. Je m'arrangeai pour sortir avant lui. Je l'attendis au coin du boulevard.

— Et tu lui as parlé? demanda encore Irène.

— Oui.

— Qu'avez-vous dit?

— Peu de chose. Mais en le quittant, j'avisai Riégo par un télégramme.

— Mais pourquoi donc?

— C'est de toi-même qu'il s'agit. J'ai tremblé et je tremble encore pour toi.

Irène accueillit ces mots par un éclat de rire.

—Ma chère Droh! Quelle imagination dramatique. Ah! Dieu, que tu connais peu la vie et les hommes. Va, une vie d'homme ne se remplit pas d'un seul amour... Et l'amour, pour l'homme, ne se résume pas à une seule passion... Vois, Philippe! A peine l'ai-je reconquis qu'il m'échappe. L'amour c'est un jeu!...

— Un jeu dangereux, en ce cas, répliqua madame Drohan. Et qui joue avec est fou !

— Alors, tu veux dire que je suis folle !

— Sinon coupable... osa dire madame Drohan.

Un bruit de voix dans l'antichambre l'arrêta.

— C'est bon ! Je sais... disait une voix d'homme autoritaire et impatiente. Dites seulement à votre maîtresse...

— Mais c'est Philippe ! s'écria Irène.

Ouvrant la porte de sa chambre, Mme Drohan qui s'était avancée en même temps que son amie, pâlit. M. Herrera était là, en effet.

— Ah ! Monsieur Herrera, c'est vous ! balbutia Mme Drohan sans trop savoir ce qu'elle disait. Venez au salon. Venez, Irène, cependant achèvera de se vêtir.

Mais Philippe résolument s'était rapproché d'Irène ; et railleur et amer :

— Mé mettez-vous à la porte, Madame ?

Irène parut hésiter à répondre. Mais ferme et non sans fierté :

— M'en supposer capable serait me méconnaître. Entrez !...

Elle lui montra la porte du boudoir. Puis dit à son amie :

— Descend m'attendre au salon, ma chère Droh ! Nous ne serons pas longtemps avant de t'y rejoindre...

Elle est entrée dans le boudoir ; a regardé Philippe. Il est livide. Ses yeux caves, enfoncés dans leurs orbites broussailleux ont l'éclat des braises sombres d'enfer. Ses lèvres blanches et sa gorge serrée de colère ne laissent qu'avec peine passer les mots :

— Menteuse !... Perfide !... crie-t-il marchant sur elle.

— Des injures !... de vous !... Oh !...

— Traîtresse !... continue Philippe.

Et il lui jette l'insulte de si près à la face que son haleine enfiévrée brûle le visage de la jeune femme.

— Philippe ! vous vous égarez !

La voix de la jeune femme implore.

— Ah ! je m'égare s'écrie le jeune homme que le calme d'Irène exaspère. Et tu te..., *gares*. Je vois bien. Mais qu'espères-tu donc ? Me tromper une fois de plus ? Une fois encore m'envelopper de ton charme afin de mieux me perdre. Non ! Non !... Eclairé. averti, je viens aujourd'hui empêcher...

Irène l'interrompt :

— Les événements empêchent les hommes, Philippe tu le sais, mais les hommes n'empêchent pas les événements.

— Vraiment ?... dit Philippe. Et l'ironie éclata dans sa voix.

— Tu le sais aussi bien que moi, Philippe..., Et tu sais que nos vies ne sont pas sous la gouverne de nos volontés. Regarde-moi : ai-je pu commander les faits ?

Sèchement Philippe lui répond :

— Trêve de verbiage ! Tu ne me paieras pas de mensonges, aujourd'hui.

— Je mens ? Moi je mens ? Ah ! tu ne crois plus en moi, Philippe.

La voix d'Irène s'accentua de désespoir.

Mais Philippe avec amertume :

— Je n'y ai cru que trop longtemps !

Alors redressée, comme sous un coup de fouet :

— Ah ! tu me blesses au plus profond de moi-même s'écria Irène. Eh bien !

Descends, va trouver Droh. Elle te dira si c'est moi qui ai décidé de mon sort.

Dans un éclat de voix Philippe lui cria :

— C'est moi peut-être ?

Irène se fit condescendante :

— Non, Philippe ; ce n'est pas toi. Je le sais.

— Dame, puisque c'est... l'*Autre*, ricana Philippe.

L'autre, ne t'en occupe pas, Philippe. Puisque c'est toi que j'aime !

— Vraiment !... Seulement c'est son nom que vous allez prendre ; c'est avec lui que vous allez vivre, et dans ses bras que vous dormirez...

— Ecoute, interrompt Irène, qui sent la colère grandir chez son amant et qui veut essayer de conjurer l'orage. Ecoute-moi. Raisonnons...

Elle s'assied.

— Faut-il que je reprenne ma vie du jour où je t'ai connu, Philippe ? Que je fasse passer, phase par phase, devant tes yeux, pour l'instant aveuglés notre passion, notre amour ? Tu m'as convoitée et je me suis laissée désirer !... Tu m'as voulue et je me suis donnée !...

— Oui, répond Philippe amer, tu t'es donnée, par conséquent tu m'as donné beaucoup. Mais ne m'as-tu pas pris davantage ? J'ai pris ton corps, tu as pris mon cœur, ma volonté, ma conscience... J'aurais pu faire de toi, si tu avais voulu, une honnête femme et tu as fait de moi un criminel. Ah ! L'oubli vient donc bien vite, chez vous femmes, que tu ne te souviennes pas, à cette heure qu'il y a plus que des souvenirs pour nous lier, qu'il y a... des remords !... Une autre là-bas, meurt de ma faute ! Et toute ta tendresse et tout ton amour ne suffiraient pas à me faire oublier cette honte ! Je t'ai sacrifié une autre femme, une innocente ! Et quand je songe ! Folie, aberration... que je viens de passer des semaines au chevet du lit d'Estella mourante, et qu'un mot d'amour, une promesse d'avenir eussent suffi pour ramener la vie avec le bonheur en elle, et que je n'ai pas parlé !... Et que durant que je t'en sacrifiais une autre, digne du plus pur amour, tu recevais quelqu'un chez toi, tu te laissais dire qu'on t'aimait... tu répondais à l'aveu... tu accordais à un autre ce que tu m'as refusé...

— Philippe tu ne peux me comprendre, car tu ne sais pas...

— Si je comprends et je sais que le caprice t'a conduite vers moi ; non pas l'amour.

— Philippe ! Philippe ! Il n'est pas l'heure de te le dire. Pourtant sache-le : il est en moi une place qu'aucun autre ne pourra occuper ! Redeviens calme et maître de toi-même... Il y a là, dans ma chambre, à côté, une lettre pour toi. Elle t'expliquera... Et tu verras que nous pourrons encore évoquer le passé, et nous aimer aussi...

Inquiète à présent, sentant l'heure passer, l'oreille tendue à tous les bruits de la maison, Irène pressait ses mots, les hasardait jusqu'à des promesses.

Mais Philippe l'arrête soudain.

— Taisez-vous ! Ecoutez !...

Et furieux comme un tigre.

— C'est sans doute Dalboy ! murmure Irène qui a pâli. Quel enfant !... Il envahit ma maison à lui seul.

— Ce n'est pas Dalboy ! ce n'est pas lui qui t'appellerait aujourd'hui, à cette heure ! Non ! assure Philippe. Et il prête une oreille attentive au bruit du dehors.

— Tiens, dit-il, c'est toi qu'on appelle ! On t'appelle à l'amour ! Cours donc !... Qu'il fera bon, ce soir, m'oublier aux bras d'un autre ! Tu lui diras menteuse, ce soir, à celui-là sous le regard des lointaines étoiles que tu n'as jamais aimé avant de le connaître ; qu'il te découvre l'infini de l'amour ; que pour la première fois tu tressailles de volupté ! Tu lui murmureras menteuse : Prends mes lèvres ! Baise mes yeux !... Tu... Mais non. Plus rien ! car tu ne le reverras pas, cet autre. Tu vas partir avec moi à l'instant. Allons ! mets une robe et dessus un manteau de voyage. Je t'attends. Nous passerons par l'escalier de service. Hâte-toi seulement. J'entends du bruit. Tes invités arrivent. Eh bien ! tu n'es pas prête encore ! Lève-toi. Que regardes-tu dans le vide ?...

Ah ! peut-être l'image de l'*Autre* ? Est-il jeune ? Beau ? Plus jeune, plus beau que moi ? Que m'importe ! Tu y rêveras ce soir, dans notre lit commun !

Il ricane.

Irène n'a pas bougé ! Elle essaie de rire :

— Va-t-en Philippe ! Prends la lettre qui est sur mon bureau, pour toi. Elle te dira...

— Assez. Viens... Viens sinon...

Sa voix, son regard, ses gestes ont quelque chose de terrible. Et ses yeux s'aimantent à la lueur de l'acier du mince poignard catalan qui est resté en travers d'un livre ouvert sur la liseuse d'Irène.

Irène se révolte.

— Et de quel droit, commandez-vous ici ! demanda froidement Irène.

Tranchant, Philippe répond :

— Du droit Madame, que tout homme a sur la femme qui lui appartint... Du droit que tu m'as donné quand tu m'appelais ton maître... du droit...

Non moins tranchante, Irène reprend :

— Te dois-je quelque chose, que tu commandes ici ? s'écrie-t-elle. Tu as été mon amant. Oui, Mais un amant n'a que le droit de s'en aller quand sa maîtresse le renvoie.

Philippe ne semble pas l'entendre.

— Viens, Irène ! Viens, te dis-je !... Sa voix et ses yeux hagards décèlent l'exaspération de la folie.

Et Irène se sent devenir folle aussi. C'est que dans

l'antichambre une voix claire et joyeuse s'élève à
présent.

— Irène ! Irène ? appelle-t-elle.

Un pas assourdi par le tapis. Et la porte du boudoir a retenti d'un coup pressé, hâtif.

— Ouvrez ! Ouvrez !... dit-on d'une intonation sup-
pliante.

Philippe s'est tu. Irène respire à peine.

— Pas prête encore ! Oh ! la coquette qui se fait
belle, trop belle !... Irène c'est assez d'élégance et de
grâce. Arrivez !...

Et comme nulle voix ne répond.

— Vite Irène ! Vos amis sont en bas. Le prêtre
attend à l'église, et votre amoureux est à votre porte,
mon adorée...

Philippe grince des dents et ses ongles déchirent
ses paumes.

— Irène, crie la voix impatiente du dehors, ouvrez...

Et grossie à dessein :

Irène, ouvrez !... Au nom de la loi ! Car je suis le
maître, je suis le mari !...

Philippe a poussé un cri, un seul cri rauque de
sauvage ou de fauve. D'un seul élan il a rejoint sur la
jeune femme et d'un seul coup rapide d'une main
sûre saisissant le poignard à portée de son bras,
il le lui a plongé dans la poitrine.

. . . .

Plus blanche que son vêtement blanc, Irène s'est
affaissée sans gémissement et sans plainte. Philippe

la voit glisser sur le sofa, renverser la tête, pâlir lividement, rester inerte. La vue de ce corps sans vie le réveille de sa folie. Il s'agenouille près d'elle.

— Je t'ai tant aimée, hoquête-t-il, que je ne sais plus. Oh ! l'Idole, reviens à toi. Parle-moi !... Il sanglote.

Irène a rouvert les yeux ; un éclair y passe qui est tout à la fois de l'effroi et du regret.

Du bruit vient cependant. Par la chambre d'Irène Mme Drohan est entrée. Louis Chatelain la suit.

— Irène ! s'écrie Mme Drohan. Et son appel tremblant s'achève dans un souffle.

— Irène ! s'écrie Chatelain. Et ce nom dans sa bouche est le cri d'un blessé.

Irène rouvre les yeux, s'agite :

— Je... je me suis tuée, bégaya-t-elle, son regard recule sous l'ombre vitreuse qui l'envahit, se fixe sur celui de Philippe, sa main cherche sa main. Chatelain s'est précipité vers les sonneries. Alors par toutes les portes le boudoir s'emplit. Ce sont les domestiques, les témoins, les amis venus pour le mariage. Il y a des cris, des sanglots qui éclatent, des appels de docteur, des ordres de soins à donner.

— Madame !... Madame !... s'écrie Juliette en se précipitant.

— Qu'arrive-t-il ?

— Une syncope ?

— Une mort subite ?

— Un drame !... questionnent confusément des voix inquiètes.

Mais une voix soudain s'élève, une voix aphone, expirante et cependant distincte.

— Je... je me suis tuée... répète Irène. Et une écume rose aux lèvres, ses yeux sur ceux de Philippe et sa main dans la sienne, elle meurt...

Quelqu'un est entré, pressé, haletant.

— Viens, Philippe !

C'est Suelo, qui la main à l'épaule de son camarade, commande.

Philippe s'est laissé emmener...

Alors, quand d'un geste Chatelain a renvoyé tout le monde ; quand le silence s'est fait autour de la morte, Mme Drohan fait sur Irène le signe du pardon et tandis que des doigts de Chatelain qu'elle a pris dans sa main elle clôt les yeux éteints de son amie, ses lèvres tremblantes ont baisé son front glacé.

ÉPILOGUE

—

Quelques mois après, Suelo de passage à Paris, dînait chez Mme Drohan. Or, comme on sortait de table :

— Puis-je vous demander des nouvelles de Mlle Hérencia, Monsieur Suelo.

— Mlle Estella est hors de danger, chère Madame, répondit joyeusement Suelo. La dernière saison qu'elle a faite au bord de la mer a opéré le miracle.

— Et non pas mieux la tendresse de sa mère et votre dévouement d'ami ?

Suelo déniait. Mais c'était faiblement.

— Et M. Herrera ? demanda encore Mme Drohan hésitante.

— Philippe s'est retiré à la Chartreuse de Sluck en Autriche, répondit Suelo devenu subitement très grave.

— Ah ! soupira Mme Drohan avec mélancolie. Puis, un peu vive :

— Et avez-vous appris que M. Chatelain s'est embarqué pour l'Extrême-Orient, mais qu'avant il a abandonné à l'œuvre des Orphelins la succession de son oncle devenue la succession de sa malheureuse femme !

— Ah ! exclama Suelo à son tour.

Et un peu de silence, à l'évocation brusque et triste du passé, passa entre les deux amis.

———

Courbevoie. — Imp. E. BERNARD, 14, rue de la Station.

$\mathcal{M}$

Avez-vous une photographie, la vôtre, ou celle de vos parents, de vos enfants, de vos amis, de votre château, villa, maison, de votre cheval, chien, chat, etc. ?

Pour avoir sa reproduction sur 100 cartes postales, il suffit de l'envoyer à M. E. Bernard, imprimeur-éditeur, Paris, avec la somme de 5 francs.

On peut aussi faire ces cartes d'après un cliché photographique, un dessin, une aquarelle ou un objet dont on désire la reproduction.

Elles peuvent être faites en carte pleine, en demi-carte, médaillon, etc.

Les ordres sont exécutés au fur et à mesure de leur réception, dans un délai de 15 jours ou d'un mois.

Les documents doivent parvenir franco ; le retour de ces documents est à la charge du client ; le port des cartes est fixé à 50 centimes.

Adresser les commandes :

A M. E. Bernard, imprimeur-éditeur,
  14, rue de la Station, à Courbevoie.

A la Librairie E. Bernard,
  29, quai des Grands-Augustins, Paris.

9 782019 959814